MAURICE LEBLANC

AS EXTRAORDINÁRIAS
AVENTURAS DE

ARSÈNE LUPIN

O LADRÃO DE CASACA

EXCELSIOR
BOOK ONE

São Paulo
2021

Arsène Lupin, gentleman-cambrioleur (1907)

© 2021 by Book One
Todos os direitos de tradução reservados e protegidos pela Lei 9.610
de 19/02/1998. Nenhuma parte desta publicação, sem autorização
prévia por escrito da editora, poderá ser reproduzida ou transmitida
sejam quais forem os meios empregados: eletrônicos, mecânicos, foto-
gráficos, gravação ou quaisquer outros.

Tradução	*Renan Bernardo*
Preparação	*Guilherme Summa*
Revisão	*Letícia Nakamura* *Tainá Fabrin*
Capa	*Renato Klisman* • *@rkeditorial*
Arte, projeto gráfico e diagramação	*Francine C. Silva*
Impressão	*COAN*

Dados Internacionais de Catalogação na Publicação (CIP)
Angélica Ilacqua CRB-8/7057

L459e   Leblanc, Maurice, 1864-1941

As extraordinárias aventuras de Arsène Lupin, o ladrão de
casaca / Maurice Leblanc; tradução de Renan Bernardo. –
São Paulo: Excelsior, 2021.

224 p.

Bibliografia

ISBN 978-65-87435-34-3

Título original: *Arsène Lupin, gentleman-cambrioleur*

1. Ficção francesa I. Título II. Bernardo, Renan

21-2039   CDD 843

SIGA NAS REDES SOCIAIS:

@editoraexcelsior

@editoraexcelsior

@edexcelsior

@editoraexcelsior

editoraexcelsior.com.br

A CAPTURA DE ARSÈNE LUPIN

Foi um fim estranho para uma viagem que começara de maneira bastante auspiciosa. O transatlântico a vapor La Provence era uma embarcação ágil e confortável sob o comando de um homem muito amável. Os passageiros constituíam um grupo seleto e encantador, e o charme de conhecer pessoas novas e fazer parte de um convívio improvisado servia para amenizar a passagem do tempo. Tínhamos a sensação agradável de estar desconectados do mundo, vivendo em uma ilha desconhecida e obrigados a socializar uns com os outros.

Já parou para pensar a respeito da originalidade e da espontaneidade que fluíam dos vários indivíduos que, na noite anterior, sequer se conheciam e que agora estavam condenados a levar uma vida de extrema intimidade durante vários dias, desafiando juntos a fúria do oceano, a terrível investida das ondas, a violência da tormenta e a monotonia agonizante de águas tranquilas e serenas?

Tal vida se torna uma espécie de existência trágica, com suas tempestades e magnificências, monotonia e diversidade. Talvez seja por isso que embarcamos nesta breve viagem com sentimentos mistos de deleite e receio.

Contudo, nos anos mais recentes, uma nova sensação fora adicionada à vida do viajante de transatlântico. A pequena ilha flutuante agora estava atracada ao mundo do qual uma vez fora desprendida. Um elo os unia, mesmo no coração dos desertos oceânicos do Atlântico. Tratava-se do telégrafo sem fio, por meio do qual recebíamos notícias de um modo bastante misterioso. Sabíamos muito bem que a mensagem não era transportada por cabos. Não, o mistério era ainda mais inexplicável e mais romântico, e era preciso recorrer às asas do ar para explicar o novo milagre. Durante o primeiro dia da viagem, sentimos que estávamos sendo seguidos, escoltados, até mesmo precedidos por aquela voz distante que, de tempos em tempos, sussurrava palavras vindas do mundo que se afastava. Dois amigos falaram comigo. Dez, vinte outras pessoas enviaram mensagens de despedida animadas ou melancólicas para os passageiros.

No segundo dia, a uma distância de oitocentos quilômetros da costa francesa, em meio a uma tormenta, recebemos a seguinte mensagem por meio do telégrafo sem fio:

– Arsène Lupin está na sua embarcação, em uma cabine de primeira classe, tem cabelos loiros, ferimento no antebraço direito e está viajando sozinho com o nome de R…

Naquele momento, um forte relâmpago rasgou o céu tempestuoso. As ondas elétricas foram interrompidas.

O restante da transmissão nunca chegou até nós. Sabíamos apenas a inicial do nome que Arsène Lupin estava utilizando para se disfarçar.

Se as notícias demonstrassem outro caráter, eu não tinha dúvidas de que o segredo teria sido guardado zelosamente tanto pelo operador telegráfico como pela tripulação da embarcação. Mas era um daqueles eventos planejados para escapar da mais rigorosa discrição. No mesmo dia, ninguém sabia como, o incidente virou assunto de fofocas constantes, e todo passageiro estava ciente de que Arsène Lupin se escondia em nosso meio.

Arsène Lupin entre nós! O ladrão irresponsável cujas façanhas haviam sido narradas em todos os jornais durante os meses anteriores! O misterioso indivíduo com o qual Ganimard, nosso detetive mais astuto, se envolvera em conflitos implacáveis em várias localidades interessantes e pitorescas. Arsène Lupin, o cavalheiro excêntrico que atuava apenas em mansões e galerias de arte e que, certa noite, entrara na residência do barão Schormann, mas saíra de mãos vazias, deixando um cartão com as seguintes palavras:

Arsène Lupin, o ladrão de casaca, voltará quando a mobília for genuína.

Arsène Lupin, o homem dos mil disfarces: ora um motorista, ora detetive, ora apostador profissional, médico russo, toureiro espanhol, viajante comercial, jovem valente ou um velho decrépito.

Portanto, considere a seguinte situação perturbadora: Arsène Lupin perambulava dentro do espaço confinado de um transatlântico a vapor; naquele cantinho do mundo, naquele salão de jantar, no salão de fumantes e na sala de música! Arsène Lupin talvez fosse aquele cavalheiro… ou quem sabe aquele outro… a pessoa que ocupava a mesa vizinha à minha… meu colega de cabine…

– E tal situação durará cinco dias! – exclamou a srta. Nelly Underdown na manhã seguinte. – É insustentável! Espero que ele seja preso. – Então, falando comigo, ela acrescentou: – E você, sr. d'Andrézy, que é amigo íntimo do capitão. Deve saber de alguma coisa, não?

Eu deveria ficar deleitado por dispor de qualquer informação de interesse para a srta. Nelly. Ela era uma daquelas criaturas magníficas que inevitavelmente atraíam a atenção em qualquer situação. Fortuna e beleza formavam uma combinação irresistível, e Nelly possuía ambas.

Educada em Paris sob os cuidados de uma mãe francesa, Nelly estava a caminho de uma visita ao pai, o milionário Underdown, de Chicago. Estava acompanhada por uma de suas amigas, lady Jerland.

Em um primeiro momento, eu decidira iniciar um flerte com Nelly; porém, na intimidade rapidamente crescente da viagem, logo me impressionei com seu charme, e meus sentimentos se tornaram profundos e respeitosos demais para um mero flerte. Além disso, ela aceitava a atenção que eu lhe dedicava com certo grau de benevolência: ria dos meus gracejos e demonstrava interesse em minhas histórias. Contudo, eu sentia que tinha um rival, um jovem de propensões discretas e refinadas. Às vezes, eu pensava que Nelly preferia seu humor taciturno à minha futilidade parisiense. O sujeito era apenas mais um no círculo de admiradores que rodeavam a srta. Nelly no momento que ela dirigiu a pergunta a mim. Estávamos todos sentados confortavelmente em nossas espreguiçadeiras. A tempestade da noite anterior limpara o céu. O clima estava aprazível.

– Não tenho nenhum conhecimento concreto, *mademoiselle* – respondi –, mas será que nós mesmos não podemos investigar o mistério tão bem quanto o detetive Ganimard, o inimigo pessoal de Arsène Lupin?

– Puxa! Está avançando muito rápido, *monsieur*.

– De modo algum, *mademoiselle*. Em primeiro lugar, deixe-me perguntar: a senhorita considera complicado este problema?

– Muito complicado.

– Esqueceu-se da chave que temos para a solução?

– Que chave?

– Em primeiro lugar, Lupin está usando o nome "*monsieur* R—".

– É uma informação bastante vaga – ela respondeu.

– Em segundo lugar, está viajando sozinho.

– E isso ajuda? – ela perguntou.

– Em terceiro lugar, é loiro.

– Portanto…

– Portanto, precisamos apenas examinar a lista de passageiros e proceder por eliminação.

Eu tinha a lista em meu bolso. Peguei-a e a examinei. Então, falei:

– Acredito que haja apenas treze homens na lista de passageiros cujos nomes começam com a letra R.

– Apenas treze?

– Sim, nas cabines de primeira classe. E, dos treze, vejo que nove estão acompanhados por mulheres, crianças ou criados. Sobram apenas quatro viajando sozinhos. Primeiro, o marquês de Raverdan…

– Secretário do embaixador norte-americano – interrompeu a srta. Nelly. – Conheço-o.

– O major Rawson – prossegui.

– É meu tio – alguém se pronunciou.

– O sr. Rivolta.

– Aqui! – exclamou um italiano cujo rosto estava coberto por uma barba negra e densa.

A srta. Nelly gargalhou e exclamou:

– Dificilmente aquele cavalheiro poderia ser chamado de loiro.

– Muito bem, então – eu disse –, somos forçados a concluir que o culpado é a última pessoa na lista.

– Qual é o nome dele?

– Sr. Rozaine. Alguém o conhece?

Ninguém respondeu. Mas a srta. Nelly virou-se para o homem taciturno que me incomodara em relação à atenção que lhe dispensava.

– Ora, sr. Rozaine, por que não responde? – disse ela.

Todos os olhos se voltaram para o sujeito. Ele era loiro. Devo confessar que tive um choque de surpresa, e o silêncio profundo que se seguiu à pergunta indicava que os demais presentes também vislumbravam a situação com uma sensação de alarme súbito. Contudo, a ideia era absurda porque o cavalheiro em questão passava uma impressão de absoluta inocência.

– Por que não respondo? – disse ele. – Porque, considerando meu nome, minha posição como viajante sem acompanhante e a cor dos meus cabelos, já cheguei à mesma conclusão e agora acredito que deva ser preso.

Sua feição ficou estranha ao proferir tais palavras. Seus lábios finos estavam mais apertados do que o usual, e seu rosto estava lívido apesar dos olhos vermelhos injetados. Era evidente que se tratava de uma piada, mas seu aspecto e atitude nos impressionou de uma maneira inusitada.

– Mas você tem o ferimento? – disse a srta. Nelly, ingênua.

– Verdade – ele respondeu. – Falta-me o ferimento.

Ele arregaçou a manga, desabotoando o punho, e nos mostrou o braço. Mas o ato não me enganou. Ele nos mostrara o braço esquerdo, e eu estava prestes a lembrá-lo daquilo quando outro incidente desviou nossa atenção. Lady Jerland, a amiga da srta. Nelly, chegou correndo em um estado de enorme euforia, exclamando:

– Minhas joias, minhas pérolas! Alguém roubou tudo!

Não, não haviam levado tudo, como logo descobrimos. O ladrão furtara apenas parte delas – o que era bastante curioso. Das estrelas de diamante, pingentes, pulseiras e colares, o ladrão não levara nenhuma das pedras maiores, mas apenas as melhores e mais valiosas. As armações estavam sobre a mesa. Eu as vi lá, despojadas de suas joias como flores com suas lindas e coloridas pétalas impiedosamente arrancadas. E o roubo devia ter sido cometido no momento em que lady Jerland foi tomar seu chá; em plena luz do dia em uma cabine que dava para um corredor bastante movimentado. Além disso, o ladrão fora forçado a arrombar a porta da cabine, buscar pelo porta-joias, que estava escondido no fundo de uma caixa de chapéu, abri-lo, selecionar seu espólio e remover as pedras das armações.

Todos os passageiros, é claro, chegaram instantaneamente à mesma conclusão: obra de Arsène Lupin.

Naquele dia, na mesa de jantar, os assentos à direita e à esquerda de Rozaine permaneceram vagos e, durante a noite, surgiu o rumor de que o capitão o havia detido, informação esta que gerou uma sensação de segurança e alívio. Voltávamos a respirar, despreocupados. Na mesma noite, retomamos nossos jogos e danças. A srta. Nelly, em particular, desfilava uma atitude de alegria irrefletida que me convenceu de que, apesar de aceitáveis no início, ela já se esquecera dos galanteios de Rozaine. Seu charme e bom humor completavam minha conquista. À meia-noite, sob uma lua resplandecente, declarei minha veneração com um ardor que não pareceu desagradá-la.

Contudo, no dia seguinte, para a perplexidade de todos, Rozaine estava solto. Fomos informados de que a evidência contra ele não era suficiente. Ele apresentara documentos em perfeita regularidade, provando ser filho de um comerciante abastado de Bordeaux. Além disso, seus braços não apresentavam o menor traço de qualquer ferimento.

– Documentos! Certidões de nascimento! – exclamaram os opositores de Rozaine. – É claro que Arsène Lupin fornecerá a vocês tudo aquilo que precisarem. E, em relação ao ferimento, ele nunca o teve ou o disfarçou.

Então, provou-se que, no momento do roubo, Rozaine estava passeando no convés. Ante tal fato, seus opositores responderam que um homem como Arsène Lupin poderia cometer um crime sem estar realmente presente. Contudo, além de todas as outras circunstâncias, havia ainda um ponto que nem o mais cético conseguia rebater: quem, além de Rozaine, estava viajando desacompanhado, era loiro e tinha um nome que começava com a letra R? A quem o telegrama se referia, senão a Rozaine?

Quando Rozaine veio audaciosamente em direção ao nosso grupo, minutos antes do café da manhã, a srta. Nelly e lady Jerland se levantaram e se afastaram.

Uma hora depois, uma circular foi passada de mão em mão entre os marinheiros, comissários e passageiros de todas as classes. Comunicava que sr. Louis Rozaine oferecia uma recompensa de dez mil francos a quem encontrasse Arsène Lupin ou outra pessoa em posse das joias roubadas.

– E, se ninguém me ajudar, eu mesmo vou desmascarar o salafrário – declarou Rozaine.

Rozaine contra Arsène Lupin, ou, de acordo com a opinião corrente, o próprio Arsène Lupin contra Arsène Lupin. A disputa prometia ser interessante.

Nada aconteceu nos dois dias seguintes. Vimos Rozaine perambulando pelo navio, dia e noite, buscando, questionando e investigando. O capitão também demonstrou uma atitude louvável. Pediu que a embarcação fosse vasculhada de proa a popa; que cada cabine fosse esquadrinhada com a teoria plausível de que as joias podiam estar escondidas em qualquer lugar, exceto no próprio quarto do ladrão.

– Suponho que logo encontrarão algo – afirmou a srta. Nelly para mim. – Ele pode ser um especialista, mas não pode tornar invisíveis diamantes e pérolas.

– Certamente que não – respondi –, mas deveriam examinar o forro de nossos chapéus e roupas, e tudo que carregamos conosco.

Então, mostrei-lhe minha Kodak, uma 9 x 12 com a qual vinha fotografando a srta. Nelly em várias poses.

– Em um aparato menor do que este – falei –, uma pessoa conseguiria esconder todas as joias de lady Jerland. Ele poderia fingir estar tirando fotos e ninguém suspeitaria da trama.

– Mas já ouvi dizer que todo ladrão deixa alguma pista para trás.

– Em geral, pode até ser verdade – respondi –, mas há uma exceção: Arsène Lupin.

– Por quê?

– Porque ele pensa não apenas no roubo, mas em todas as circunstâncias conectadas a ele que poderiam servir como pistas para a sua identidade.

– Há alguns dias você estava mais confiante.

– Sim, mas desde então eu o vi em ação.

– E o que pensa agora? – ela perguntou.

– Bem, na minha opinião, estamos perdendo nosso tempo.

De fato, a investigação não produzira resultado. Porém, nesse meio-tempo, o relógio do capitão fora roubado. Ele estava furioso. Acelerou os esforços e observou Rozaine ainda mais de perto. Contudo, no dia seguinte, o relógio foi encontrado na maleta do imediato.

O incidente causou perplexidade considerável e demonstrou o lado bem-humorado de Arsène Lupin que, ainda que fosse um ladrão, era um entusiasta. Combinava negócios com lazer. Fazia-nos lembrar do dramaturgo que quase morrera em uma crise de risada provocada por sua própria peça. Por certo, Lupin era um artista em seu ramo de trabalho, e sempre que eu via Rozaine, sorumbático e reservado, eu o admirava até certo ponto, pensando no duplo papel desempenhado por ele.

Na noite seguinte, o oficial trabalhando no convés escutou gemidos vindos do canto mais escuro do navio. Aproximou-se e encontrou um homem deitado, a cabeça envolvida em um grosso cachecol cinzento, as mãos amarradas com uma corda grossa. Era Rozaine. Fora atacado, derrubado e roubado. Um cartão, preso ao seu paletó, dizia o seguinte:

> *Arsène Lupin aceita de bom grado os dez mil francos oferecidos pelo monsieur Rozaine.*

A carteira roubada, na verdade, continha vinte mil francos.

Obviamente, algumas pessoas acusaram o desafortunado sujeito de ter simulado o ataque. Contudo, além do fato de que ele não poderia ter amarrado a si mesmo daquela maneira, a caligrafia no cartão era completamente diferente da de Rozaine. Pelo contrário, assemelhava-se à caligrafia de Arsène Lupin, após compararem-na com uma que fora encontrada em um exemplar de jornal velho disponível a bordo.

Logo, tudo indicava que Rozaine não era Arsène Lupin, mas sim Rozaine, filho de um comerciante de Bordeaux. E a presença de Arsène Lupin foi mais uma vez confirmada, desta vez daquele modo estarrecedor.

Tal era o estado de terror em que se encontravam os passageiros a ponto de ninguém permanecer sozinho em suas cabines ou caminhar a sós nas partes menos frequentadas da embarcação. Andávamos juntos por segurança. Ainda assim, até mesmo os conhecidos mais íntimos se distanciavam por um sentimento mútuo de desconfiança. Ao mesmo tempo, Arsène Lupin era, a essa altura, ninguém e todo mundo. Nossas imaginações férteis atribuíam-lhe um poder ilimitado e milagroso. Considerávamos que o sujeito era capaz de utilizar os disfarces mais inesperados; de se tornar, alternadamente, o respeitabilíssimo major Rawson, o nobre marquês de Raverdan, ou até mesmo – já que não mais nos limitávamos à incriminadora letra R – qualquer outra pessoa que todos conhecíamos bem, com esposa, filhos e criados.

As primeiras transmissões sem fio dos Estados Unidos não trouxeram novidades; ou, pelo menos, o capitão não nos comunicou nenhuma. O silêncio não era tranquilizador.

Nosso último dia a bordo parecia interminável. Vivíamos com o medo constante de algum desastre. Desta vez, não seria um simples roubo ou um ato relativamente inofensivo: seria um crime mais sério, um assassinato. Ninguém imaginava que Arsène Lupin se limitaria àqueles dois ataques insignificantes. Senhor absoluto do navio e com as autoridades impotentes, ele podia fazer o que bem entendesse. Nossas posses e vidas estavam à sua mercê.

Ainda assim, foram horas agradáveis para mim, já que tive a oportunidade de angariar a confiança da srta. Nelly. De natureza muito nervosa e profundamente abalada com os eventos espantosos, srta. Nelly buscou espontaneamente em mim a segurança e a proteção que tive o prazer de fornecer. Em meu íntimo, eu era grato a Arsène Lupin. Não teria sido ele o responsável por aproximar srta. Nelly e eu um do outro? Graças a ele, eu podia me deleitar em sonhos maravilhosos de amor e felicidade – sonhos que, eu sentia, não eram mal recebidos pela srta. Nelly. O brilho de seus olhos me autorizava a tê-los; a suavidade de sua voz me nutria de esperança.

Enquanto nos avizinhávamos da costa americana, uma busca mais ativa pelo ladrão foi aparentemente abandonada e permanecemos aguardando com ansiedade o derradeiro momento em que o mistério seria explicado. Quem seria Arsène Lupin? Sob qual nome e qual disfarce o famoso ladrão se ocultava? E, por fim, o derradeiro momento chegou. Mesmo que eu vivesse cem anos, jamais me esqueceria do menor dos detalhes.

– Como está pálida, srta. Nelly – falei para a minha acompanhante, quando ela se curvou sobre o meu braço, quase desmaiando.

– E você também! – ela respondeu. – Ah! Você está tão diferente.

– Veja bem, este momento é deveras emocionante, e estou encantado de passá-lo ao seu lado, srta. Nelly. Espero que sua memória retorne algumas vezes a…

Mas ela não estava escutando. Estava nervosa e empolgada. A passarela foi posicionada, mas, antes que pudéssemos acessá-la, os oficiais uniformizados da alfândega subiram a bordo. Srta. Nelly sussurrou:

– Eu não ficaria surpresa de ouvir que Arsène Lupin escapou do navio durante a viagem.

– Talvez ele prefira a morte à desonra e tenha mergulhado no Atlântico para não ser preso.

– Deixe de gracejos – disse ela.

De repente, sobressaltei-me e, em resposta, disse-lhe:

– Está vendo aquele senhorzinho na outra ponta da passarela?

– Com um guarda-chuva e um paletó verde-oliva?

– É Ganimard.

– Ganimard?

– Sim, o célebre detetive que jurou capturar Arsène Lupin. Ah, agora entendo por que não recebemos nenhuma notícia vinda deste lado do Atlântico. Ganimard estava aqui! Ele sempre mantém seus assuntos em segredo.

– Então, você acha que ele prenderá Arsène Lupin?

– Quem sabe? O inesperado sempre acontece quando Arsène Lupin está envolvido.

– Ah! – exclamou ela com aquela curiosidade mórbida peculiar das mulheres. – Eu adoraria vê-lo preso.

– Terá de ser paciente. Sem dúvida, Arsène Lupin já viu seu inimigo e não terá pressa em deixar o transatlântico.

Os passageiros começaram a sair do navio. Apoiado no guarda-chuva e com um ar indiferente de descaso, Ganimard sequer parecia prestar atenção à multidão que descia apressada pela passarela. O marquês de Raverdan, o major Rawson, o italiano Rivolta e muitos outros deixaram a embarcação antes de Rozaine sequer aparecer. Pobre Rozaine!

– Talvez seja ele, no fim das contas – confidenciou a srta. Nelly para mim. – O que você acha?

– Acho que seria muito interessante ter Ganimard e Rozaine na mesma foto. Pegue a câmera. Estou sobrecarregado.

Passei-lhe a câmera, mas era tarde demais para utilizá-la. Rozaine já estava passando pelo detetive. Um oficial americano, parado atrás de Ganimard, curvou-se e cochichou algo em seu ouvido. O detetive francês deu de ombros e Rozaine passou. Então, meu Deus, quem seria Arsène Lupin?

– Sim – concordou a srta. Nelly, em voz alta. – Quem poderia ser?

Não mais do que vinte pessoas permaneciam a bordo. A srta. Nelly as perscrutou uma a uma, receosa que Arsène Lupin não estivesse entre elas.

– Não podemos esperar muito mais tempo – avisei-lhe.

Ela prosseguiu para a passarela. Eu a segui. Mas não demos dez passos quando Ganimard impediu nossa passagem.

– Pois não, o que houve? – perguntei.

– Um instante, *monsieur*. Qual é a pressa?

– Estou acompanhando a *mademoiselle*.

– Um instante – ele repetiu, em tom de autoridade. Então, olhando nos meus olhos, falou: – Arsène Lupin, não?

Eu ri e respondi:

– Não, simplesmente Bernard d'Andrézy.

– Bernard d'Andrézy morreu na Macedônia há três anos.

– Se Bernard d'Andrézy morreu, eu não deveria estar aqui. Mas o senhor está enganado. Aqui estão meus documentos.

– São de Bernard. E posso lhe contar exatamente como os conseguiu.

– Você é um tolo! – exclamei. – Arsène Lupin viajou com um nome de inicial R.

– Sim, outro dos seus truques. Uma pista falsa que enganou os oficiais em Havre. Você joga bem, meu rapaz, mas desta vez a sorte está contra você.

Hesitei por um momento. Então, ele me golpeou com força no braço direito, o que me provocou um grito de dor. Acertara o ferimento, ainda não cicatrizado, mencionado no telegrama.

Fui obrigado a me render. Não havia alternativa. Virei-me para a srta. Nelly, que escutara tudo. Nossos olhos se encontraram, então, ela fitou a Kodak que eu depositara em suas mãos, fazendo um gesto indicando que compreendera tudo. Sim, bem ali no meio das dobras do couro preto, no núcleo oco do pequeno objeto – que eu tomara a precaução de colocar nas mãos dela antes de Ganimard me prender – estavam os vinte mil francos de Rozaine e as pérolas e diamantes de lady Jerland.

Ah! Juro que, naquele momento solene, nas garras de Ganimard e de seus dois assistentes, eu estava perfeitamente indiferente a tudo: à minha prisão, à hostilidade das pessoas... Tudo, exceto à dúvida que pairava em minha mente: o que srta. Nelly faria com os objetos que eu lhe confiara?

Na ausência daquele material e de prova conclusiva, eu não tinha nada a temer; mas a srta. Nelly decidiria entregar a prova? Será que me trairia? Agiria como um inimigo incapaz de perdoar ou como uma mulher cujo desprezo se atenua por sentimentos benevolentes e uma simpatia involuntária?

Ela passou na minha frente. Não falei nada, mas efetuei uma acentuada reverência. Misturada aos outros passageiros, ela avançou em direção à passarela com a minha Kodak na mão. Ocorreu-me que ela não se atreveria a me expor em público, mas poderia fazê-lo quando chegasse a um local mais reservado. Contudo, quando estava a poucos metros da passarela, com um falso movimento desajeitado, deixou a câmera cair entre a embarcação e o píer. Depois, desceu a rampa e rapidamente desapareceu na multidão. Saiu da minha vida para sempre.

Por um instante, fiquei imóvel. Para a enorme perplexidade de Ganimard, resmunguei:

– Pena que não sou um homem honesto!

∞∞∞∞

Esta foi a história de sua captura como me foi narrada pelo próprio Arsène Lupin. Os vários incidentes – sobre os quais escreverei em outro momento – forjaram certos laços entre nós… Poderia chamar de amizade? Sim, arrisco dizer que Arsène Lupin me honra com sua amizade. Por causa dela, ele ocasionalmente me convoca, trazendo ao silêncio da minha biblioteca sua exuberância jovial e bem-humorada, o contágio de seu entusiasmo e o júbilo de um homem para quem o destino não reserva nada além de gentileza e sorrisos.

Sua aparência? Como posso descrevê-lo? Eu o vi vinte vezes e a cada vez era uma pessoa diferente; ele mesmo me confidenciou em certa ocasião: "Não sei mais quem sou. Não consigo me reconhecer no espelho". Certamente, era um grande ator e dispunha de habilidade admirável para disfarçar-se. Sem o menor esforço, conseguia assumir a voz, as atitudes e os trejeitos de outra pessoa.

– Por que – disse ele – deveria manter forma e aparência bem definidas? Por que não evitar o risco de uma personalidade sempre imutável? Meus atos servirão para me identificar.

Então, acrescentou com um resquício de orgulho:

– É bem melhor que ninguém saiba dizer com absoluta certeza: "Lá está Arsène Lupin!". O essencial é que o público consiga ver o meu trabalho e dizer, sem dúvida alguma: "Foi Arsène Lupin quem fez isso!".

ARSÈNE LUPIN NA PRISÃO

Não há pessoa que mereça ser chamada de turista se não conhecer as margens do Sena, e que, ao caminhar – das ruínas da abadia de Jumièges até as ruínas de Saint-Wandrille –, nunca tenha notado o pequeno castelo feudal de Malaquis, construído sobre uma pedra no meio do rio. Uma ponte em arco o conecta à margem. Ao redor dele, as águas tranquilas do majestoso flúmen correm graciosamente entre os juncos, e as alvéolas esvoaçam sobre as cristas úmidas das pedras.

A história do castelo de Malaquis é conturbada como o próprio nome, escabrosa como seus contornos. A construção fora palco de uma longa série de combates, cercos, invasões, conquistas e massacres. Uma narrativa dos crimes lá cometidos faria estremecer os mais corajosos. Existem muitas lendas misteriosas associadas ao castelo, que contam sobre um famoso túnel subterrâneo que anteriormente conduzia à abadia de Jumièges e à mansão de Agnès Sorel, amante de Carlos VII.

Naquela antiga habitação de heróis e salteadores, vivia agora o barão Nathan Cahorn; ou barão Satã, como era conhecido anteriormente na *Bourse*,[1] onde fizera fortuna com extrema rapidez. Os senhores de Malaquis, absolutamente arruinados, foram obrigados a vender o antigo castelo por menos do que valia. Ele continha uma coleção admirável de mobília, quadros, entalhes em madeira e faiança. O barão morava sozinho, auxiliado apenas por três criados idosos. Ninguém adentrava o lugar. Ninguém jamais vislumbrara as três obras de Rubens que ele possuía, as duas de Watteau, o púlpito esculpido por Jean Goujon e os tantos outros tesouros que adquirira gastando uma vasta soma em leilões.

Barão Satã vivia com um medo constante, não temendo por si próprio, mas pelos tesouros que acumulara com zelosa devoção e com tanta perspicácia que nem mesmo o mais astuto dos comerciantes poderia dizer que o barão algum dia vacilara em seu bom gosto e julgamento correto. Ele os amava – eram seus bibelôs. Amava-os com intensidade, como um avarento; com ciúmes, como um amante. Todo dia, ao pôr do sol, os portões de ferro em ambos os lados da ponte e na entrada do salão do trono eram cerrados. Ao mais suave toque nas grades, campainhas elétricas soavam por todo o castelo.

Em uma quinta-feira do mês de setembro, um carteiro chegou à entrada da ponte e, como de praxe, foi o próprio barão quem entreabriu o pesado portão. Examinou o homem minuciosamente, como se fosse um estranho, ainda que a face honesta e os olhos cintilantes do carteiro lhes fossem familiares havia muitos anos.

---

1 A *Bourse de commerce*, em Paris, é um prédio que já foi utilizado para comércio de grãos e, no século XIX, como bolsa de valores. (N.T.)

– Sou só eu, *monsieur le Baron* – o homem saudou-o, rindo. – Não é outra pessoa usando minha boina e meu colete.

– Nunca dá para ter certeza – resmungou o barão.

O homem entregou-lhe alguns jornais, e então disse:

– E agora, *monsieur le Baron*, aqui está algo novo.

– Algo novo?

– Sim, uma carta. Uma carta registrada.

Vivendo recluso, sem amigos ou relações comerciais, o barão nunca recebia correspondências, e a que o carteiro lhe mostrava despertou imediatamente uma sensação de suspeita e desconfiança. Era como um mau agouro. Quem seria o misterioso remetente que ousava perturbar a tranquilidade de seu refúgio?

– O senhor deve assinar para recebê-la, *monsieur le Baron*.

Ele assim o fez; então, pegou a correspondência e aguardou o desaparecimento do carteiro na curva da estrada. Após caminhar nervoso de um lado para o outro por alguns minutos, o barão se curvou no parapeito da ponte e abriu o envelope. Continha uma folha de papel, e no alto o seguinte cabeçalho: "Prison de la Santé, Paris". Verificou a assinatura: "Arsène Lupin". Começou a ler:

> *Monsieur le Baron,*
>
> *Na galeria de seu castelo há um quadro de Philippe de Champaigne, de acabamento bastante requintado, que me apetece imensamente. Os de Rubens também me agradam, assim como a peça menor de Watteau. No salão à direita, notei o aparador de Luís XIII, as tapeçarias de Beauvais, uma gueridom imperial no estilo de Jacob e*

um baú no estilo renascentista. No salão à esquerda, todo o aposento repleto de joias e miniaturas.

No presente momento, darei-me por satisfeito com as peças que podem ser removidas de modo conveniente. Portanto, pedirei que as empacote com cuidado e as envie para mim (as despesas já estão acertadas) na estação de Batignolles, dentro de oito dias; caso contrário, serei obrigado a removê-las por conta própria durante a noite do dia vinte e sete de setembro; mas, sob tais circunstâncias, não me contentarei apenas com as peças supramencionadas.

Por favor, aceite minhas desculpas por quaisquer inconveniências que eu possa estar causando, e considere-me seu mais humilde servo,

Arsène Lupin

P.S.: Por favor, não envie a peça maior de Watteau. Embora o senhor tenha pago trinta mil francos por ela, trata-se apenas de uma réplica; a original foi queimada durante a Diretoria de Barras em uma noite de libertinagem. Consulte os diários de Garat.

Também não me importo com o chatelaine de Luís XV, já que desconfio de sua autenticidade.

A carta perturbou terrivelmente o barão. Qualquer outra assinatura seria suficiente para deixá-lo bastante alarmado – mas sendo assinada por Arsène Lupin?

Leitor habitual de notícias, o barão estava ciente do histórico de crimes recentes e, portanto, bem inteirado sobre as façanhas do misterioso ladrão. Claro, ele sabia que Lupin fora preso nos Estados Unidos por seu rival Ganimard e, no momento, estava encarcerado na Prison de la Santé. Mas também sabia que qualquer milagre era esperado quando se tratava de Arsène Lupin. Além disso, o conhecimento preciso do castelo e o fato de saber a localização exata dos quadros e da mobília conferiam à questão uma perspectiva um tanto apavorante. Como ele poderia ter adquirido informações acerca de coisas que ninguém jamais vira?

O barão ergueu os olhos e contemplou os contornos grosseiros do castelo, sua base rochosa e íngreme, a profundidade da água que o cercava, e deu de ombros. Decerto não havia perigo algum. Ninguém no mundo seria capaz de invadir o santuário que continha seus inestimáveis tesouros.

Ninguém exceto Arsène Lupin! Para ele, portões, muros e pontes levadiças não existiam. De que adiantavam os mais formidáveis obstáculos ou as precauções mais cuidadosas se Arsène Lupin decidisse empreender sua invasão?

Naquela noite, o barão escreveu ao procurador da *République* em Rouen. Anexou a carta com as ameaças e solicitou auxílio e proteção.

A resposta chegou logo, explicando que Arsène Lupin estava em custódia na Prison de la Santé, sob vigilância constante e sem oportunidades para escrever uma carta, que, sem dúvidas, era obra de um impostor. Contudo, por precaução, o procurador submeteu a carta ao especialista em caligrafia, que declarou que, apesar de certas semelhanças, aquela não era a letra do prisioneiro.

Mas as palavras "apesar de certas semelhanças" chamaram a atenção do barão; nelas, ele vislumbrou uma possibilidade de dúvida que parecia suficiente para justificar a intervenção da lei. Seus temores se intensificaram. Ele releu a carta de Lupin incontáveis vezes. "Serei obrigado a removê-las por conta própria". E ainda havia a data definida: na noite de vinte e sete de setembro.

Confidenciar a seus empregados era um ato repugnante para sua natureza. Contudo, pela primeira vez em muitos anos, o barão sentiu a necessidade de buscar aconselhamento com alguém. Abandonado pelo oficial da lei de seu próprio distrito e se sentindo incapaz de se defender com seus próprios recursos, estava prestes a viajar a Paris a fim de contratar os serviços de um detetive.

Dois dias se passaram; no terceiro, o barão se encheu de esperança e alegria ao ler o seguinte artigo no *Réveil de Caudebec*, um jornal publicado em uma cidade vizinha:

> *Temos o prazer de dar as boas-vindas em nossa cidade ao experiente detetive monsieur Ganimard, que adquiriu reputação mundial pela genial captura de Arsène Lupin. Ele nos visita por motivos de descanso e lazer e, sendo um pescador entusiasta, amaça pescar todos os peixes do nosso rio.*

Ganimard! Ah, lá estava a assistência de que o Barão Cahorn necessitava! Quem melhor para frustrar os planos de Arsène Lupin do que Ganimard, o astuto e paciente detetive? Era a pessoa ideal para a tarefa.

O barão não hesitou. A cidade de Caudebec ficava a apenas seis quilômetros do castelo, uma distância curta para um homem cujos passos eram acelerados pela necessidade de segurança.

Após várias tentativas infrutíferas de descobrir o endereço do detetive, o barão visitou o escritório do *Réveil*, situado no cais. Lá, encontrou o autor do artigo que, aproximando-se da janela, disse:

– Ganimard? Ora, é certo que o encontrará nas docas com sua vara de pesca. Eu o encontrei lá e vi até seu nome gravado na vara. Ah, olha ele ali, debaixo das árvores.

– Aquele homenzinho com chapéu de palha?

– Exatamente. É um sujeito rude e de poucas palavras.

Cinco minutos depois, o barão se aproximou do célebre Ganimard, apresentou-se e tentou iniciar uma conversa, mas foi um fracasso. Então, foi direto ao ponto sobre o verdadeiro motivo de sua abordagem, explicando brevemente o caso. O detetive escutou, imóvel, com a atenção fixa em sua vara de pesca. Quando o barão terminou a história, o pescador se virou com um semblante de profunda comiseração e disse:

– *Monsieur*, não é costume os ladrões alertarem as pessoas a quem estão prestes a roubar. Arsène Lupin, em particular, não cometeria uma insensatez dessas.

– Mas…

– *Monsieur*, acredite que, se eu tivesse qualquer dúvida, o simples prazer de capturar Arsène Lupin me faria colocar-me à sua disposição. Infelizmente, aquele jovem já está atrás das grades.

– Ele pode ter escapado.

– Ninguém jamais escapou da Santé.

– Mas ele…

– Mesmo ele, assim como qualquer outro.

– Ainda assim…

– Bem, se ele escapar, melhor ainda. Vou capturá-lo de novo. Enquanto isso, vá para casa e durma tranquilo. Por enquanto, é o que há a fazer. Você está assustando os peixes.

A conversa estava encerrada. O barão retornou ao castelo, reconfortado em certa medida pela indiferença de Ganimard. Examinou os ferrolhos, vigiou os criados e, durante as quarenta e oito horas seguintes, quase viu-se convencido de que seus temores eram infundados. Por certo, como Ganimard dissera, os ladrões não alertavam as pessoas a quem estavam prestes a roubar.

O fatídico dia se aproximava. Era vinte e seis de setembro e nada acontecera. Contudo, às três horas da tarde, a campainha tocou. Um rapaz portava o seguinte telegrama:

Não há entregas na estação Batignolles. Prepare tudo para amanhã à noite. Arsène.

O telegrama deixou o barão em um estado de nervosismo tal que o fez até considerar a conveniência de ceder às exigências de Lupin.

No entanto, apressou-se em retornar a Caudebec. Ganimard estava pescando no mesmo local, sentado em uma cadeira dobrável. Sem esboçar uma palavra sequer, o barão entregou-lhe o telegrama.

– Ora, o que tem de mais? – desdenhou o detetive.

– O que tem de mais? É amanhã.

– É amanhã o quê?

– O roubo! O saque às minhas coleções!

Ganimard pousou sua vara, virou-se para o barão e exclamou com impaciência:

– Rá! Você acha mesmo que vou me preocupar com uma história boba dessas?

– Quanto o senhor quer para passar a noite de amanhã no castelo?

– Nem um centavo. Agora, deixe-me em paz.

– Diga seu preço. Sou rico e posso pagar.

A oferta desconcertou Ganimard, que respondeu, com calma:

– Estou aqui de férias. Não tenho autorização para efetuar este trabalho.

– Ninguém saberá. Prometo manter segredo.

– Oh, poupe-me! Nada acontecerá!

– Vamos lá! Três mil francos. É suficiente?

O detetive, após certa reflexão, disse:

– Tudo bem. Mas devo alertá-lo que está jogando fora seu dinheiro.

– Não me importo.

– Bom, já que é assim… Afinal, o que sabemos desse maldito Lupin? Ele pode ter um bando um tanto numeroso de ladrões trabalhando com ele. Você confia em seus criados?

– Posso assegurar que…

– Melhor não confiar neles. Transmitirei uma mensagem telegrafada solicitando a ajuda de dois dos meus homens. Agora, vá! É melhor não sermos vistos juntos. Amanhã à noite nos encontramos por volta de nove horas.

ooooo

No dia seguinte – a data definida por Arsène Lupin –, o barão Cahorn preparou toda a sua coleção de guerra, poliu as armas e marchou de um lado para o outro em frente ao castelo como uma sentinela. Não viu nem escutou coisa alguma. Às oito e meia da noite, dispensou seus criados. Suas dependências situavam-se em uma ala reformada da construção, bem separada da porção principal do castelo. Pouco tempo depois, o barão escutou o som de passos se aproximando. Eram Ganimard e seus dois assistentes – homens grandes e robustos com mãos enormes e pescoços grossos como os de touros. Após fazer algumas perguntas relativas à localização das várias entradas e aposentos, Ganimard fechou e bloqueou com cuidado todas as portas e janelas pelas quais alguém poderia obter acesso às áreas ameaçadas. Inspecionou as paredes, levantou as tapeçarias e, por fim, designou que seus assistentes se postassem na galeria central localizada entre os dois salões.

– Nada de distrações! Não estamos aqui para dormir. Ao menor ruído, abram as janelas do pátio e me chamem. Fiquem atentos também ao lado que dá para a água. Dez metros de rocha perpendicular não é nenhum obstáculo para esses meliantes.

Ganimard trancou seus assistentes na galeria, guardou as chaves e disse ao barão:

– Agora vamos aos nossos postos.

Escolhera para si um pequeno quarto localizado na espessa muralha externa, entre as duas portas principais. Em anos anteriores, o lugar servira como alojamento do vigia. Um postigo permitia observar a ponte e, um outro, o pátio. Em um dos cantos havia a entrada para um túnel.

– Creio que tenha me contado, *monsieur le Baron*, que este túnel é a única entrada subterrânea para o castelo, e que permanece fechado desde tempos imemoriais.

– Sim.

– Então, a não ser que haja alguma outra entrada, conhecida apenas por Arsène Lupin, estamos bastante seguros.

O detetive juntou três cadeiras, esticou as pernas sobre elas, acendeu o cachimbo e suspirou:

– *Monsieur le Baron*, realmente me sinto envergonhado de aceitar seu dinheiro para uma sinecura como esta. Contarei a história ao meu amigo Lupin. Ele vai apreciar imensamente.

O barão não riu. Estava com os ouvidos atentos, mas não escutava nada a não ser as batidas de seu próprio coração. De tempos em tempos, enfiava a cabeça no túnel e dava uma espiada receosa em sua extensão mergulhada no breu. Escutou o relógio badalar onze vezes… doze… uma…

De repente, agarrou o braço de Ganimard. O detetive sobressaltou-se, despertando de seu sono.

– Está ouvindo? – perguntou o barão, sussurrando.

– Sim.

– O que é?

– Eu estava roncando, suponho.

– Não, não, escute.

– Ah, sim! É a buzina de um automóvel.

– O que você acha?

– Ora! É bem improvável que Lupin use um automóvel como aríete para demolir o seu castelo. Vá, *monsieur le Baron*, retorne ao seu posto. Vou dormir. Boa noite.

Aquele foi o único momento preocupante. Ganimard retomou seus cochilos interrompidos, e o barão não escutou coisa alguma senão o ronco constante de seu companheiro. Ao raiar do dia, ambos deixaram o quarto. O castelo estava envolto em uma tranquilidade profunda; era um amanhecer sereno no seio de um rio sossegado. Subiram as escadas, Cahorn radiante de alegria, Ganimard calmo como sempre. Não escutaram som algum; não viram nada que levantasse suspeitas.

– O que foi que eu lhe disse, *monsieur le Baron*? Sério, eu não devia ter aceitado sua oferta. Sinto-me envergonhado.

Ele destrancou a porta e entrou na galeria. Em duas cadeiras, com as cabeças tombadas e braços pendurados, os dois assistentes do detetive dormiam.

– *Tonnerre de nom d'un chien!* – exclamou Ganimard.

Ao mesmo tempo, o barão gritou:

– Os quadros! O aparador!

Gaguejou, engasgando-se, seus braços esticados em direção aos espaços vazios, às paredes desnudas nas quais nada restava a não ser pregos e cordões inúteis. O Watteau? Desapareceu! Os Rubens? Roubados! As tapeçarias? Arrancadas! Os armários? Despojados de suas joias!

– E meus candelabros de Luís XVI! E o lustre do Regente…! E a minha Virgem Maria do século XII!

Ele correu de um lado para o outro, acometido pelo mais profundo desespero. Rememorou o valor de aquisição de cada peça, fez as contas, contabilizou as perdas, atabalhoando-se com palavras confusas e frases inacabadas. Bateu os pés, furioso; gemeu de aflição. Agia como um homem arruinado cuja única esperança era o suicídio.

Se havia algo capaz de consolá-lo, era a estupefação de Ganimard. O famoso detetive sequer se mexia. Parecia petrificado; ele examinava a galeria de um jeito apático. As janelas? Fechadas. As trancas das portas? Intactas. Nenhuma brecha no teto; nenhum buraco no chão. Tudo estava em perfeita ordem. O roubo fora executado metodicamente, de acordo com um plano lógico e rigoroso.

– Arsène Lupin… Arsène Lupin – Ganimard balbuciou.

De repente, como se movido pela raiva, avançou sobre os seus assistentes e os chacoalhou com violência. Não despertaram.

– Diabos! – ele gritou. – Como é possível?

Curvou-se sobre os homens e os examinou de perto. Estavam dormindo, mas a maneira como reagiam não parecia natural.

– Foram dopados – informou Ganimard ao barão.

– Por quem?

– Por ele, é claro, ou por homens sob suas ordens. Esta façanha carrega a sua marca.

– Então, estou perdido… Não há nada que possa ser feito.

– Nada – assentiu Ganimard.

– É horrível… Monstruoso.

– Faça uma queixa.

– De que adiantará?

– Ah, é bom tentar. A lei dispõe de alguns recursos.

– A lei!? Ela é inútil. Você representa a lei e sequer está se mexendo agora quando deveria estar à procura de pistas e tentando descobrir alguma coisa.

– Descobrir alguma coisa se tratando de Arsène Lupin! Meu caro *monsieur*, veja bem, Arsène Lupin nunca deixa pistas. Não deixa nada ao acaso. Às vezes, penso que ele se colocou em meu caminho e simplesmente permitiu que eu o prendesse nos Estados Unidos.

– Então, devo abandonar meus quadros! Ele levou as preciosidades da minha coleção. Eu pagaria uma fortuna para recuperá-las. Se não houver outra forma, que ele diga o preço que deseja.

– Uma decisão sensata – concluiu Ganimard, observando o barão com atenção. – Vai realmente cumpri-la?

– Sim, sim, por quê?

– Tive uma ideia.

– Qual?

– Conversaremos sobre ela mais tarde, caso a investigação oficial não avance. Mas, se deseja minha assistência, não diga uma palavra sobre mim. – Então, acrescentou, seus dentes cerrados: – É claro que não tenho nada a me gabar neste caso.

Aos poucos, os assistentes recuperaram a consciência com o ar de perplexidade típico de pessoas que acordam de uma hipnose. Abriram os olhos e olharam ao redor, espantados. Ganimard os questionou, não recordavam-se de coisa alguma.

– Mas pelo menos viram alguém, certo?

– Não.

– Não se lembram?

– Não, não.

– Vocês beberam algo?

Pensaram por um instante, então um deles respondeu:

– Sim, bebi um pouco de água.

– Daquele jarro?

– Sim.

– Eu também – declarou o outro.

Ganimard cheirou o líquido e o provou. Não tinha um gosto específico nem odor.

– Venham – disse –, estamos perdendo nosso tempo aqui. Não dá para resolver um caso de Arsène Lupin em cinco minutos. *Morbleau!* Juro que vou capturá-lo outra vez.

No mesmo dia, uma queixa de roubo foi devidamente registrada pelo barão Cahorn contra Arsène Lupin, um prisioneiro da Prison de la Santé.

ooooo

O barão logo se arrependeu de prestar queixa contra Lupin quando viu seu castelo entregue aos gendarmes, ao procurador, ao juiz instrutor, além de repórteres, fotógrafos dos jornais e uma turba de curiosos que não tinham o que fazer.

O caso logo se tornou assunto de interesse popular, e o nome de Arsène Lupin instigava tanto a imaginação pública que os jornais preencheram suas colunas com as histórias mais fantásticas sobre suas façanhas, e elas ganhavam crédito rapidamente entre os leitores.

Mas a carta de Arsène Lupin que foi publicada no *Echo de France* (ninguém nunca soube como o jornal a obteve), a mesma carta em que barão Cahorn era desrespeitosamente informado sobre o futuro roubo, causou considerável empolgação. As teorias mais mirabolantes começaram a circular. Alguns se lembravam da existência dos famosos túneis subterrâneos, e essa foi a linha de investigação utilizada pelos oficiais da lei. Eles reviraram o castelo de cima a baixo, examinaram cada pedra, estudaram forros, chaminés, janelas e as vigas no teto. Com a luz de archotes, vasculharam os enormes porões onde os senhores de Malaquis estavam acostumados a armazenar munições e provisões. Sondaram as fundações de pedra até o centro. Mas foi tudo em vão. Não descobriram qualquer traço de um túnel subterrâneo. Não existia nenhuma passagem secreta.

Contudo, o público entusiasmado declarou que os quadros e a mobília não podiam desaparecer como fantasmas. Eram materiais, objetos concretos que requeriam portas e janelas para entrar e sair, assim como as pessoas que as removeram do local. E quem eram essas pessoas? Como conseguiram acesso ao castelo? E como saíram de lá?

Os oficiais de polícia de Rouen, convencidos da própria impotência, solicitaram a assistência da força parisiense de detetives. O sr. Dudouis, inspetor-geral de segurança da Sûreté, enviou os melhores profissionais da brigada de ferro. Ele mesmo passou quarenta e oito horas no castelo, mas não obteve sucesso. Depois, enviou Ganimard, cuja experiência com serviços prévios se provava bastante útil quando todo o restante fracassava.

Ganimard escutou, em silêncio, as instruções de seu superior; então, balançando a cabeça, disse:

– Em minha opinião, é inútil esquadrinhar o castelo. A solução para o problema está em outro lugar.

– Onde, então?

– Com Arsène Lupin.

– Com Arsène Lupin! Para apoiar essa teoria, temos de admitir a intervenção dele.

– Eu admito. Na verdade, considero-a como certa.

— Vamos lá, Ganimard, isso é um absurdo. Arsène Lupin está na prisão.

— Certamente Arsène Lupin está na prisão e está sendo vigiado de perto. Mas ele precisa estar com grilhões nos pés, algemas nos punhos e uma mordaça antes que eu mude de opinião.

— Por que está tão obstinado, Ganimard?

— Porque Arsène Lupin é o único homem na França com habilidade suficiente para inventar e executar um esquema desta magnitude.

— Isso é você que está dizendo, Ganimard…

— Mas é verdade. Olhe! O que eles estão fazendo? Procurando por passagens subterrâneas, pedras que se movem para revelar portas e outras tarefas sem sentido. Mas Lupin não emprega tais métodos antiquados. Ele é um bandido moderno, completamente atualizado.

— E como você procederia?

— Peço a permissão do senhor para passar uma hora com ele.

— Na cela dele?

— Sim. Durante a viagem de retorno dos Estados Unidos, nós nos tornamos muito amigos, e arrisco dizer que, se ele puder dar qualquer informação sem se comprometer, não hesitará em me poupar de transtornos desnecessários.

○○○○○

Foi logo após o meio-dia que Ganimard entrou na cela de Arsène Lupin. O ladrão estava deitado em sua cama e levantou a cabeça, exclamando em aparente felicidade.

– Ah! Isso é que é surpresa. Meu querido Ganimard está aqui!

– O próprio.

– Neste meu retiro voluntário, senti vontade de muitas coisas, mas o meu maior desejo era o de receber a sua visita.

– É muito gentil de sua parte, certamente.

– De modo algum. Sabe que nutro a mais profunda estima pelo *monsieur*.

– Fico lisonjeado.

– Sempre falei: Ganimard é o nosso melhor detetive. Ele é quase… Veja bem como sou sincero! Ele é quase tão perspicaz quanto Sherlock Holmes. Peço perdão por não poder oferecer nada além desse banquinho duro. E nem um lanche! Sequer uma caneca de cerveja! É claro que irá me desculpar, já que estou aqui apenas temporariamente.

Ganimard sorriu e aceitou o banquinho mencionado. Então, o prisioneiro prosseguiu:

– *Mon Dieu*, como estou feliz em ver o rosto de um homem honesto. Estou tão cansado daqueles espiões malditos que vêm aqui dez vezes por dia para checar meus bolsos e minha cela para garantir que não estou armando uma fuga. O governo é bastante cuidadoso comigo.

– Eles estão certos.

– Por quê? Eu ficaria bem contente se me permitissem viver da minha própria maneira reservada.

– Usufruindo do dinheiro dos outros.

– Sem dúvida. Seria tão simples. Mas estou fazendo gracinhas e você, sem dúvida, está com pressa. Então, vamos tratar de negócios, Ganimard. A que devo a honra desta visita?

– Ao caso do barão Cahorn – declarou Ganimard sem rodeios.

– Ah! Espere, me dê um segundo. Você sabe que já estive envolvido em muitos casos! Primeiro, preciso me lembrar das circunstâncias desse caso em particular… Ah! Sim, lembrei. O caso do barão… O castelo Malaquis, na região de Seine-Inférieure… Dois Rubens, um Watteau e outras insignificâncias.

– Insignificâncias!

– Ah! *Ma foi*, enfim, é tudo de menor importância. Mas basta saber que o caso lhe interessa. Como posso ajudá-lo, Ganimard?

– Devo lhe explicar quais passos as autoridades seguiram nesse caso?

– De modo algum. Li as notícias e, francamente, acredito que vocês tenham feito muito pouco progresso.

– É o motivo pelo qual vim visitá-lo.

– Estou inteiramente ao seu dispor.

– Em primeiro lugar, o caso do barão Cahorn foi orquestrado por você?

– Até os mínimos detalhes.

– A carta de aviso? O telegrama?

– Tudo meu. Devo ter os recibos em algum canto.

Arsène abriu a gaveta de uma mesinha de madeira lisa e branca, que junto à cama e ao banquinho constituíam toda a mobília de sua cela. Puxou dois pedaços de papel, os quais entregou a Ganimard.

– Ah! – exclamou o detetive, surpreso. – Achei que estivesse sendo vigiado e revistado minuciosamente, e agora descubro que lê notícias e guarda recibos postais.

– Pois é! O pessoal daqui é bem estúpido. Eles abrem o revestimento da minha roupa, examinam as solas dos meus sapatos, perscrutam as paredes da minha cela, mas sequer imaginam que Arsène Lupin seria tolo o suficiente para escolher um esconderijo tão óbvio.

– Você é um sujeito divertido! – comentou Ganimard, rindo. – De verdade, você me deixa perplexo. Mas agora me conte sobre o caso do barão.

– Calma lá! Não tão rápido! Você me despojaria de todos os meus segredos; exporia todos os meus truques. Essa é uma questão muito séria.

– Então, eu estava errado em contar com a sua complacência?

– Não, Ganimard, e já que insiste…

Arsène Lupin caminhou de um lado para o outro em sua cela algumas vezes. Então, parou diante de Ganimard e perguntou:

– O que achou da minha carta ao barão?

– Acredito que você queria se divertir, jogar para a plateia.

– Ah! Jogar para a plateia! Vamos lá, Ganimard, achei que me conhecesse melhor. Eu, Arsène Lupin, perderia meu tempo com uma atitude tão pueril? Eu teria escrito a carta se pudesse ter roubado o barão sem enviar a correspondência a ele? Quero que entenda que a carta era indispensável; era o motor que colocou toda a máquina em movimento. Agora, vamos discutir juntos um plano para o roubo do castelo Malaquis. Está disposto?

– Sim, prossiga.

– Bom, vamos imaginar um castelo cuidadosamente fechado e barricado como aquele do barão Cahorn. Será que eu deveria abandonar meu plano e renunciar aos tesouros que cobiço sob o pretexto de que o castelo é inacessível?

– É evidente que não.

– Será que eu deveria atacar com violência o castelo, tal qual um bando de aventureiros fazia nos tempos antigos?

– Seria tolice.

– Eu seria capaz de me esgueirar sem ser visto?

– Impossível.

– Então, só existe uma entrada para mim. Devo fazer com que o dono do castelo me convide.

– Certamente é um método criativo.

– E fácil! Vamos supor que um dia o dono receba uma carta avisando-o que um notório ladrão conhecido como Arsène Lupin planeja roubá-lo. O que ele fará?

– Enviar uma carta ao procurador.

– Que rirá na cara dele, já que o tal Arsène Lupin está na prisão. Então, ansioso e temeroso, o pobre sujeito pedirá a assistência do primeiro que aparecer, não é?

– Muito provavelmente.

– E se calhasse de ele ler em um jornal que um famoso detetive está de férias em uma cidade vizinha…?

– Ele irá procurar o tal detetive.

– Claro. Mas, por outro lado, vamos presumir que, tendo previsto tal acontecimento, o tal Arsène Lupin requisitou que um de seus amigos visitasse Caudebec, fizesse amizade com o editor do *Réveil*, um jornal do qual o barão é assinante, e dissesse ao editor que tal pessoa é o célebre detetive. Então, o que acontecerá?

– O editor anunciará no *Réveil* a presença de tal detetive em Caudebec.

– Exatamente. E uma das duas situações a seguir se sucederá: o peixe, digo, o barão Cahorn, não morderá a isca e nada acontecerá; ou, o mais provável, vai correr para morder a isca com voracidade. Assim, temos o barão Cahorn implorando pela assistência de um dos meus amigos contra mim.

– Criativo, de fato!

– É claro que o falso detetive primeiro se recusa a prestar qualquer assistência. Chega outro telegrama de Arsène Lupin, ainda por cima. O barão, assustado, se apressa mais uma vez para encontrar o meu amigo e lhe oferece uma quantia específica pelos seus serviços. Meu amigo aceita e convoca dois membros do nosso grupo, que, durante a noite, enquanto o barão está sob o olho vigilante de seu protetor, removem certos artigos pela janela e os arriam com cordas para um pequeno barco alugado para a ocasião. Simples, não?

– Esplêndido! Esplêndido! – exclamou Ganimard. – A audácia do plano e a ingenuidade dos detalhes estão além de qualquer crítica. Mas quem é o detetive cujo nome e fama serviram como isca para atrair o barão?

– Só há um nome possível… Apenas um.

– Que é…?

– O arqui-inimigo de Arsène Lupin, o ilustríssimo Ganimard.

– Eu?

– Você, Ganimard. É engraçado, na verdade. Se for até lá e o barão quiser conversar, descobrirá que é seu dever prender a si próprio, assim como me prendeu nos Estados Unidos.

Viu? A vingança é mesmo encantadora: fiz com que Ganimard prendesse Ganimard.

Arsène Lupin gargalhou com vontade. O detetive, bastante aborrecido, mordeu os lábios. Para ele, não havia graça na piada. A chegada de um guarda da prisão deu a Ganimard uma chance para se recompor. O homem trouxe a refeição de Arsène Lupin, fornecida por um restaurante nas proximidades. Após depositar a bandeja na mesa, o guarda se retirou. Lupin partiu o pão, comeu alguns pedaços e prosseguiu:

– Mas fique tranquilo, meu caro Ganimard, você não irá para Malaquis. Posso lhe contar algo que vai surpreendê-lo: o caso do barão Cahorn está prestes a ser concluído.

– Desculpe, mas acabei de visitar o inspetor-geral de segurança da Sûreté…

– O que tem isso? Por acaso o sr. Dudouis conhece meus negócios melhor do que eu? Você descobrirá que Ganimard… perdão… que o falso Ganimard ainda tem uma boa relação com o barão. Este autorizou o falso Ganimard a negociar uma transação muito delicada comigo e, no momento, em virtude de certa quantia de dinheiro, é provável que o barão tenha recuperado a posse de seus quadros e dos outros tesouros. Com a devolução, ele vai remover a queixa. Logo, não há mais roubo e a lei deverá abandonar o caso.

Ganimard estudou o prisioneiro com perplexidade.

– E como sabe tudo isso?

– Acabei de receber o telegrama que estava aguardando.

– Você acabou de receber um telegrama?

– Neste exato instante, meu caro amigo. Por educação, não quis lê-lo em sua presença. Mas se me permite…

– Isso é uma piada, Lupin.

– Meu caro amigo, se fizer a gentileza de quebrar este ovo, descobrirá que não se trata de uma piada.

Ganimard obedeceu maquinalmente e partiu a casca do ovo com a lâmina da faca. Deu um suspiro de surpresa. A casca continha apenas um pedaço de papel azul. A pedido de Arsène, ele o desenrolou. Era um telegrama, ou pelo menos parte de um telegrama cujos selos postais haviam sido removidos. Dizia o seguinte:

Contrato finalizado. Cem mil bolas entregues. Tudo certo.

– Cem mil bolas? – questionou Ganimard.

– Sim, cem mil francos. Muito pouco, mas, você sabe, são tempos difíceis… E tenho algumas contas bem caras a pagar. Se você soubesse meu orçamento… Viver na cidade grande é caro.

Ganimard se levantou. Seu mau humor desaparecera. Refletiu por um momento, repassando todo o caso na tentativa de descobrir um ponto fraco. Então, com tom e trejeitos que entregavam sua admiração pelo prisioneiro, falou:

– Ainda bem que não temos uma dúzia de outros como você para lidarmos. Se tivéssemos, teríamos de declarar falência.

Arsène Lupin assumiu uma expressão de modéstia.

– Ah! – disse. – A gente precisa ter alguma distração para ocupar as horas livres, especialmente na prisão.

– O quê?! – exclamou Ganimard. – Seu julgamento, sua defesa, a investigação… Não são suficientes para ocupar sua cabeça?

– Não. Decidi não estar presente no meu julgamento.

– Oh, não!

– Não estarei presente no meu julgamento – Arsène Lupin repetiu.

– Francamente!

– Ah, meu querido *monsieur*, você acha mesmo que vou apodrecer numa cela fedorenta? Você me insulta. Arsène Lupin permanece na prisão apenas pelo tempo que lhe for conveniente, nem um minuto a mais.

– Talvez fosse mais prudente se você tivesse evitado vir para cá – ironizou o detetive.

– Ah, o senhor está fazendo gracinha? O senhor deve se recordar de que teve a honra de efetuar a minha prisão. Saiba então, meu estimado amigo, que ninguém, nem mesmo você, poderia ter colocado as mãos em mim se um evento muito mais importante não tivesse ocupado minha atenção naquele momento crítico.

– Você me espanta.

– Uma mulher estava olhando para mim, Ganimard, e eu a amava. Você entende exatamente o significado disso, ser avaliado pela mulher amada? Não me importava com nada no mundo a não ser aquilo. E é por isso que estou aqui.

– Permita-me dizer: você está aqui há bastante tempo.

– Eu queria esquecê-la primeiro. Não ria, foi uma aventura maravilhosa e ainda é uma lembrança agradável. Além disso, tenho sofrido de neurastenia. A vida é tão frenética hoje em dia que é preciso aceitar ocasionalmente a "cura do descanso". Considero este lugar um remédio infalível para meus nervos exaustos.

– Arsène Lupin, você não é uma pessoa ruim, no fim das contas.

– Obrigado – agradeceu Lupin. – Ganimard, hoje é sexta-feira. Na próxima quarta, às quatro da tarde, fumarei meu charuto em sua casa na Rue Pergolese.

– Estarei à sua espera, Arsène Lupin.

Apertaram as mãos como dois velhos amigos que apreciavam o verdadeiro valor um do outro. Então, o detetive seguiu até a porta.

– Ganimard!

– O que é? – perguntou o detetive ao se virar.

– Esqueceu o seu relógio.

– Meu relógio?

– Sim, ele caiu dentro do meu bolso.

Arsène Lupin lhe devolveu o relógio, pedindo desculpas.

– Perdoe-me… É um péssimo hábito. Só porque tiraram o meu não é motivo para pegar o seu. Além do mais, tenho um cronômetro bem aqui que já me satisfaz bem.

Ele puxou da gaveta um grande relógio de ouro preso a uma pesada corrente.

– Do bolso de quem veio esse? – perguntou Ganimard.

Arsène Lupin deu uma olhada rápida nas iniciais gravadas no relógio.

– JB… Quem diabos seria essa pessoa? Ah, sim, lembrei. Jules Bouvier, o juiz que conduziu a minha investigação. Um sujeito encantador!

A FUGA DE ARSÈNE LUPIN

Arsène Lupin acabara de terminar sua refeição e tirar do bolso um charuto de excelente qualidade, com uma anilha de ouro, que examinava com um cuidado incomum, quando a porta de sua cela foi aberta. Ele mal teve tempo de jogar o charuto na gaveta e se afastar da mesa. O guarda entrou. Era a hora dos exercícios.

– Eu estava esperando por você, meu caro rapaz – exclamou Lupin com seu bom humor costumeiro.

Os dois saíram juntos. Tão logo dobraram o corredor, dois homens entraram na cela e iniciaram uma busca minuciosa. Um deles era o inspetor Dieuzy; o outro, o inspetor Folenfant. Queriam confirmar a suspeita de que Arsène Lupin estava se comunicando com seus comparsas fora da prisão. Na noite anterior, o *Grand Journal* publicara a seguinte nota endereçada ao escrevente do tribunal:

Monsieur,

Em um artigo recente, o senhor se referiu a mim de maneira bastante injustificável. Alguns dias antes do início do meu julgamento, farei com que se explique.

Arsène Lupin

A caligrafia com certeza era a de Arsène Lupin. Consequentemente, ele estava enviando cartas; e, sem dúvidas, recebendo-as. Era óbvio que se preparava para a fuga por ele anunciada de modo tão arrogante.

A situação se tornara intolerável. Agindo em conjunto com o juiz instrutor, o inspetor-geral da Sûreté, sr. Dudouis, visitara a prisão e orientara o carcereiro acerca das precauções necessárias. Ao mesmo tempo, enviou a dupla de inspetores a fim de investigar a cela do prisioneiro. Levantaram cada pedra, reviraram a cama, fizeram tudo que era comum em casos assim, mas não descobriram nada, e estavam prestes a abandonar a investigação quando o guarda entrou apressado e falou:

– A gaveta… Olhe na gaveta da mesa. Quando entrei, ele a estava fechando.

Abriram a gaveta, e Dieuzy exclamou:

– Ah! Pegamos Lupin desta vez.

Folenfant o deteve.

– Espere um pouco. O inspetor-geral vai querer fazer um registro.

– Este charuto é muito bem selecionado.

– Deixe-o aí e notifique o inspetor-geral.

Dois minutos depois, o sr. Dudouis analisou o conteúdo da gaveta. Primeiro, descobriu um pacote com trechos de notícias relacionadas a Arsène Lupin, recortadas do *Argus de la Presse*. Em seguida, uma caixa de tabaco, um cachimbo, uma resma de papel vegetal e dois livros. Leu os títulos. Um deles era uma edição de *Os heróis* de Thomas Carlyle; o outro era um elegante elzevir, com encadernação moderna, *O manual de epicteto*, em uma tradução alemã publicada na cidade de Leyden em 1634. Ao examinar os livros, o sr. Dudouis descobriu que todas as páginas estavam sublinhadas e anotadas. Estariam preparadas como códigos para correspondência ou simplesmente demonstravam o caráter intelectual do leitor? Por fim, analisou a caixa de tabaco e o cachimbo. Por fim, pegou o famoso charuto com a anilha de ouro.

– *Fichtre!* – exclamou. – Nosso amigo fuma charutos de qualidade. É um Henry Clay.

De modo automático, como um fumante habituado, colocou o charuto perto do ouvido e o apertou para que partisse. Proferiu uma exclamação na mesma hora. O charuto cedera sob a pressão de seus dedos. Analisou-o mais de perto e logo descobriu algo entre as folhas de tabaco. Delicadamente, com a ajuda de um alfinete, puxou um rolo de papel bem fino, pouco mais largo do que um palito de dente. Era uma mensagem. Desenrolou-a e leu as seguintes palavras escritas com uma caligrafia feminina:

> *A cesta tomou o lugar das outras. Oito de dez estão prontas. Pressionando com a parte posterior do pé, a placa abaixa. De doze às dezesseis todos os dias, CV aguardará. Mas onde? Responda de imediato. Fique tranquilo; zelo por você.*

O sr. Dudouis refletiu.

– Está bem óbvio… – comentou. – Uma cesta… com oito compartimentos… De doze às dezesseis significa de meio-dia até quatro da tarde.

– Mas o que é esse CV que vai aguardar?

– CV deve significar um automóvel. "Cavalos" é a forma como representam a potência do motor. Um automóvel de 24 CV é um automóvel de vinte e quatro cavalos.

Levantou-se e perguntou:

– O prisioneiro terminou seu café da manhã?

– Sim.

– E ele ainda não leu a mensagem, o que é provado pela condição em que o charuto se encontrava. É provável que tenha acabado de recebê-la.

– Como?

– Na comida. Escondido no pão ou em uma batata, talvez.

– Impossível. Permitimos que lhe trouxessem a comida apenas para servir de armadilha para ele, mas nunca encontramos nada nela.

– Vamos esperar a resposta de Lupin esta noite. Mantenham-no do lado de fora por alguns minutos. Levarei isto ao juiz e, se ele concordar comigo, fotografaremos imediatamente a mensagem. Dentro de uma hora, vocês podem substituí-la na gaveta com um charuto similar a esse. O prisioneiro não terá motivos para suspeitar.

Não foi sem uma certa curiosidade que sr. Dudouis retornou à prisão naquela noite, acompanhado pelo inspetor Dieuzy. Três pratos vazios jaziam no fogão do canto.

– Ele comeu?

– Sim – respondeu o guarda.

– Dieuzy, por favor, corte aquele macarrão em pedacinhos bem pequenos e abra aquele pão… Nada?

– Não, senhor.

O sr. Dudouis examinou os pratos, o garfo, a colher e a faca – uma faca comum com lâmina arredondada. Virou o cabo para a esquerda; depois, para a direita. Ela cedeu e desatarraxou. A faca era oca e servia como esconderijo para um pedaço de papel.

– *Hunf!* – disse ele. – Não tão astuto para um homem como Arsène. Mas não devemos perder tempo. Dieuzy, vá investigar o restaurante.

Em seguida, o sr. Dudouis leu a mensagem:

> *Garanto a você, CV seguirá de longe todos os dias. Eu vou na frente.* Au revoir, *querido amigo.*

– Finalmente – comemorou o sr. Dudouis, animado, esfregando as mãos. – Acredito que o caso está sob nosso controle. Com uma pequena estratégia da nossa parte, a fuga será um sucesso na medida em que conseguiremos prender seus ajudantes.

– Mas e se Arsène Lupin conseguir escapar? – questionou o guarda.

– Teremos um contingente suficiente para prevenir isso. Contudo, caso ele demonstre muita sagacidade, *ma foi*, enfim, pior para ele! O seu bando de larápios abrirá a boca, já que o chefe se recusa a falar.

○○○○○

Realmente, Arsène Lupin tinha muito pouco a dizer. Por vários meses, o sr. Jules Bouvier, o juiz instrutor, esforçou-se em vão. A investigação foi reduzida a algumas discussões monótonas entre o juiz e o advogado, *maître* Danval, o dono do restaurante. De tempos em tempos, Arsène Lupin falava por educação. Certo dia, ele disse:

– Sim, *monsieur le juge*, concordo plenamente com vossa excelência: o roubo da Crédit Lyonnais, o furto na Rue de Babylone, a questão dos cheques sem fundo, os crimes em diversas propriedades como Armesnil, Gouret, Imblevain, Groseillers, Malaquis… Todos foram trabalhos meus, *monsieur*, eu fiz tudo.

– Então, explique-me…

– É desnecessário. Admito tudo e até dez vezes mais do que vossa excelência sequer imagina.

Cansado da tarefa infrutífera, o juiz suspendeu as investigações, mas retomou-as após receber as duas mensagens interceptadas. E, regularmente, ao meio-dia, Arsène Lupin passou a ser levado da prisão à cela do tribunal em um camburão com alguns outros prisioneiros. Retornavam às três ou quatro da tarde.

Certa tarde, a viagem de retorno foi atípica. Como os outros prisioneiros não haviam sido revistados, ficou decidido que Arsène Lupin seria transportado primeiro. Logo, ele acabou permanecendo sozinho no veículo.

Os camburões, vulgarmente conhecidos como *paniers à salade* – ou cestas para salada – eram divididos longitudinalmente por um corredor central onde ficavam dez compartimentos, cinco de cada lado. Cada um era organizado de forma que cada ocupante dispunha de um espaço bastante restrito, obrigando-o a permanecer sentado; assim, os cinco prisioneiros ficavam em tal posição um ao lado do outro, mas separados por divisórias. Um guarda municipal postava-se em uma das extremidades do veículo a fim de vigiar o corredor.

Arsène foi colocado na terceira cela à direita, e o pesado veículo deu partida. Ele calculou cuidadosamente quando deixaram a Quai de l'Horloge e quando passaram pelo Palais de Justice. Então, perto da metade da ponte Saint-Michel, com a parte posterior do pé, Arsène Lupin pressionou a placa de metal que fechava sua cela. No mesmo instante, produziu-se um clique e a placa se moveu. Ele pôde, então, se certificar de que estava localizado entre as duas rodas.

Aguardou, mantendo o olhar atento. O veículo prosseguia vagarosamente pelo Boulevard Saint-Michel. Na esquina do distrito de Saint-Germain, o carro parou. Um cavalo de tração tombara na via. Com o tráfego interrompido, uma enorme quantidade de fiacres e ônibus se acumulava. Arsène Lupin olhou para fora. Outro camburão parara bem próximo ao que ele estava. Moveu a placa um pouco mais, colocou o pé em um dos aros da roda e saltou para o chão. Um cocheiro o viu, deu uma gargalhada ruidosa e tentou alertar outras pessoas, mas sua voz se perdeu no barulho do tráfego que retornava. Além disso, Arsène Lupin já estava longe.

Ele correra alguns passos, mas, uma vez tendo alcançado a calçada, virou-se para observar ao redor; parecia analisar a direção do vento como uma pessoa que não sabe para onde ir. Então, decidindo-se, enfiou as mãos nos bolsos e, com a atitude imperturbável de um pedestre desocupado, prosseguiu pela avenida. Era um dia quente e claro de outono, e os cafés estavam cheios. Sentou-se no terraço de um deles. Pediu uma cerveja escura e um maço de cigarros. Bebeu devagar, fumou um cigarro e acendeu um segundo. Depois, pediu ao garçom que chamasse o proprietário do estabelecimento. Quando o homem chegou, Arsène falou alto o suficiente para ser escutado por todos:

– Lamento, *monsieur*, mas esqueci minha carteira. Talvez, pela minha fama, o senhor se sinta lisonjeado de me dar crédito por alguns dias. Sou Arsène Lupin.

O proprietário o encarou, pensando que estava brincando.

– Lupin, prisioneiro na Santé – disse Arsène –, mas agora fugitivo. Arrisco dizer que meu nome o faz nutrir perfeita confiança em mim.

Arsène logo se afastou entre risadas escandalosas enquanto o proprietário permanecia imóvel e perplexo.

Caminhou pela Rue Soufflot e virou na Rue Saint-Jacques. Andou devagar, fumando seus cigarros e observando as vitrines. No Boulevard de Port Royal, parou em busca de se orientar, descobriu onde estava e prosseguiu em direção à Rue de la Santé. Os altos e imponentes muros da prisão surgiram diante dele. Puxou o chapéu para a frente a fim de esconder o rosto e se aproximou do guarda.

– Esta é a Prison de la Santé? – perguntou.

– Sim.

– Desejo reaver minha cela. O camburão me deixou no meio do caminho e não gostaria de abusar...

– Saia daqui, rapaz, circulando! – vociferou o guarda. –
Agora!

– Perdoe-me, mas devo passar por aquele portão. Se
impedir que Arsène Lupin entre na prisão, isso vai lhe
custar caro, meu amigo.

– Arsène Lupin! Do que está falando?

– Peço perdão por não ter um cartão comigo – falou
Arsène, apalpando os bolsos.

O guarda o estudou da cabeça aos pés, estupefato. Então, sem mais palavras, acionou uma campainha. O portão de ferro se abriu parcialmente e Arsène Lupin entrou.
Quase que imediatamente deparou-se com o diretor da
prisão, gesticulando e afetando raiva intensa. Arsène sorriu e disse:

– Por favor, *monsieur*, não faça joguinhos comigo. Ora,
eles tomam a precaução de me transportar sozinho no
camburão, preparam uma obstrução no tráfego um tanto
oportuna e pensam que vou sair correndo e me juntar a
meus amigos. E o que dizer dos vinte agentes da Sûreté que nos acompanharam a pé, em fiacres e bicicletas?
Não… Tal plano não me agradou. Eu não teria escapado
com vida. Diga-me, *monsieur*, estavam contando com isso?
– Arsène deu de ombros e acrescentou: – Eu lhe imploro,
monsieur, não se preocupe comigo. Quando eu quiser escapar, não precisarei de assistência alguma.

Dois dias depois, o *Echo de France*, que aparentemente
se tornara o jornal oficial das façanhas de Arsène Lupin
– dizia-se que ele era um de seus principais sócios –, publicou um artigo bastante detalhado de sua tentativa de
fuga. As palavras exatas das mensagens trocadas entre

o prisioneiro e seu misterioso comparsa, os meios pelos quais a correspondência foi elaborada, a cumplicidade da polícia, o passeio pelo Boulevard Saint-Michel, o incidente no Café Soufflot, tudo foi revelado. Sabia-se que a investigação do restaurante e de seus funcionários, coordenada pelo inspetor Dieuzy, fora infrutífera. E o público também soubera de algo extraordinário que demonstrava a variedade inesgotável de recursos que Lupin possuía: o camburão no qual fora transportado tinha sido manipulado e substituído, por seus comparsas, por um dos seis veículos que de fato compunham a frota da prisão.

A fuga seguinte de Arsène Lupin não foi questionada por ninguém. Ele mesmo a anunciou, de maneira categórica, em uma resposta ao sr. Bouvier, um dia após sua tentativa de fuga. Arsène ficara irritado com uma piada que o juiz fizera sobre o caso, e o encarou, resoluto, proferindo com ênfase:

– Escute-me, *monsieur*! Dou-lhe minha palavra de honra que esta tentativa de fuga foi apenas uma prévia para o meu plano geral de fuga.

– Não compreendo – disse o juiz.

– Não é necessário que vossa excelência compreenda.

Enquanto analisava os artigos bem detalhados do *Echo de France*, o juiz decidiu retomar a investigação. Naquele momento, Arsène Lupin exclamou com um ar afetado de cansaço:

– *Mon Dieu, Mon Dieu*, qual é a necessidade disto? Todas essas perguntas são irrelevantes!

– Como assim? – bradou o juiz. – Irrelevantes?

– Exato. Porque não estarei presente no julgamento.

– Não estará presente?

– Não. Já me decidi quanto a isso e nada vai me fazer mudar de ideia.

Tamanha segurança, combinada com as leviandades inexplicáveis que Arsène cometia todos os dias, serviam para irritar e iludir os agentes da lei. Havia segredos que apenas Arsène Lupin conhecia; segredos que só ele poderia externar. Mas com qual propósito ele os revelava? E como?

Arsène Lupin foi transferido para outra cela. O juiz concluiu sua investigação preliminar. Nenhum procedimento adicional foi efetuado em seu caso por dois meses, durante os quais Arsène era visto quase sempre em sua cama com o rosto virado para a parede. A mudança de cela pareceu tê-lo desencorajado. Recusava-se a receber a visita de seu advogado e trocava poucas palavras com os guardas da cela.

Durante a quinzena anterior ao julgamento, Arsène retomou seu vigor. Reclamava que precisava pegar um ar fresco. Logo, permitiram que toda manhã ele se exercitasse no pátio, vigiado por dois guardas.

A curiosidade geral não cessara: as pessoas diariamente aguardavam notícias sobre a fuga. E, verdade seja dita, Arsène Lupin adquirira considerável simpatia do público devido ao seu entusiasmo, vivacidade e diversidade, além de sua genialidade inventiva e a vida misteriosa que levava. Arsène Lupin iria escapar. Era seu destino inevitável. Todos ansiavam por isso e se surpreenderam quando o evento foi adiado por tanto tempo. Toda manhã, o delegado-geral perguntava a seu secretário:

– E então? Ele já escapou?

– Não, *monsieur*.

– Então é amanhã, provavelmente.

No dia anterior ao julgamento, um cavalheiro chegou no escritório do *Grand Journal*, pediu para ver o escrevente, jogou seu cartão na cara dele e se afastou rapidamente. As seguintes palavras estavam escritas no cartão:

Arsène Lupin sempre mantém suas promessas.

ooooo

Foi sob tais condições que o julgamento começou. Uma enorme multidão se aglomerava no tribunal. Todo mundo queria ver o famoso Arsène Lupin. Animados, esperavam que o prisioneiro pregasse peças ousadas no juiz. Advogados e magistrados, jornalistas e cavalheiros, atrizes e damas da alta sociedade apinhavam os bancos destinados ao público.

Era um dia escuro e melancólico, chovia forte e sem cessar. Apenas uma luz tênue incidia sobre o tribunal, e os espectadores tiveram uma visão bastante indistinta do prisioneiro quando os guardas o trouxeram. Mas seus trejeitos abrutalhados e cambaleantes, a maneira como simplesmente desabou no assento e sua aparência passiva e estúpida não passavam a impressão de um sujeito cativante. Por várias vezes, seu advogado – um dos assistentes do sr. Danval – lhe dirigiu a palavra, mas o homem simplesmente balançava a cabeça e nada dizia.

O escrivão leu as acusações. Em seguida, o juiz falou:

– Acusado, levante-se. Nome, idade e profissão, por favor.

Sem resposta, o juiz repetiu:

– Qual é o seu nome? Estou perguntando o seu nome.

Uma voz grossa e arrastada balbuciou:

– Baudru… Désiré.

Um burburinho de surpresa percorreu o tribunal. Mas o juiz prosseguiu:

– Baudru Désiré? Ah, um novo apelido! Bom, como o senhor assumiu vários nomes diferentes e este é, sem dúvida, tão imaginativo quanto os outros, vamos nos referir ao senhor como Arsène Lupin, pelo qual o senhor é mais conhecido.

O juiz se voltou para suas anotações e continuou:

– Devo dizer que, apesar das investigações mais minuciosas, seu passado permanece desconhecido. O seu caso é único na história do crime. Não sabemos quem você é, de onde veio, sua data de nascimento e sua filiação. Tudo é um grande mistério para nós. Há três anos, você surgiu como Arsène Lupin, demonstrando uma estranha combinação de inteligência e perversão, imoralidade e generosidade. Nosso conhecimento de sua vida anterior a essa data é vago e problemático. Poderia muito bem ser que o homem chamado Rostat, que há oito anos trabalhou com Dickson, o ilusionista, seja ninguém menos que Arsène Lupin. É também provável que Arsène Lupin seja o estudante russo que, há seis anos, frequentava o laboratório do dr. Altier no hospital Saint-Louis e que, frequentemente, abismava o doutor com hipóteses geniais sobre bacteriologia e mostrava destreza em experimentos com doenças de pele. Também seria provável que Arsène Lupin seja o professor que introduziu a arte japonesa do jiu-jítsu ao público parisiense. Também temos motivos para crer que Arsène Lupin seja o ciclista que venceu o Grand Prix de l'Exposition, recebeu dez mil francos e nunca mais foi visto. Arsène Lupin pode muito bem ser, também, o sujeito que salvou tantas pessoas através de uma pequena trapeira no incêndio do Bazar de la Charité; e que, ao mesmo tempo, as furtou.

O juiz pausou por um instante, então, prosseguiu:

– Essa foi a época que parece ter sido utilizada por você para se preparar minuciosamente para travar uma batalha contra a sociedade; um aprendizado metódico no qual desenvolveu sua força, energia e habilidade até o nível mais elevado possível. Você atesta a veracidade de tais informações?

Durante o discurso, o prisioneiro ficou se balançando irrequieto no lugar, equilibrando-se primeiro em um pé, depois no outro, os ombros curvados para a frente e os braços imóveis ao longo do corpo. Sob a luz mais forte, era possível distinguir sua magreza extrema, as bochechas sulcadas, as maçãs do rosto salientes e a face da cor da terra, salpicada de pequenas manchas vermelhas e emoldurada por uma barba hirsuta e desgrenhada. A vida na prisão o fizera envelhecer e definhar. Perdera o semblante jovial e o porte elegante que normalmente se via nos jornais.

Parecia que ele não escutara a pergunta do juiz, que a repetiu duas vezes. Então, o prisioneiro ergueu os olhos, pareceu refletir e com um esforço desesperado murmurou:

– Baudru… Désiré.

O juiz sorria quando disse:

– Não compreendo a base de sua defesa, Arsène Lupin. Se está tentando fugir da responsabilidade por seus crimes se fazendo de doido, tal linha de defesa está aberta a você. Mas prosseguirei com o julgamento e não darei atenção aos seus caprichos.

Então, o juiz narrou com detalhes os vários roubos, vigarices e falsificações dos quais Lupin era réu. Às vezes, questionava o prisioneiro, que só grunhia ou permanecia em silêncio. A audiência das testemunhas teve início. Algumas das evidências eram circunstanciais; já outras pareciam mais relevantes, mas durante todo o processo houve uma série de contradições e inconsistências. Uma nebulosidade exaustiva envolvia a sessão até que o detetive Ganimard foi convocado como testemunha. Foi então que o interesse do público se reavivou.

Desde o princípio, as atitudes do experiente detetive pareciam estranhas e incompreensíveis. Estava nervoso e pouco à vontade. Por várias vezes, contemplou o prisioneiro com inquietação perceptível. Com a mão apoiada na divisória à sua frente, ele recontou os eventos do qual participara, incluindo sua perseguição ao prisioneiro na Europa e sua chegada aos Estados Unidos. O público escutou com grande avidez, já que a captura de Arsène Lupin por Ganimard era bem conhecida por todos por intermédio da imprensa. Perto de concluir seu testemunho, após contar a respeito de suas conversas com Arsène Lupin, Ganimard deteve-se duas vezes, constrangido e indeciso. Era óbvio que estava pensando em algo que temia verbalizar.

– Se não está se sentindo bem, pode se retirar por enquanto – disse o juiz, solidário.

– Não, não, mas…

Ele parou, encarou o prisioneiro e disse:

– Peço permissão para examinar o prisioneiro mais de perto. Há uma incógnita que preciso resolver.

Aproximou-se do acusado, perscrutou-o com atenção por vários minutos e então retornou ao banco de testemunhas. Com uma voz quase solene, proferiu:

– Declaro, sob juramento, que o prisioneiro diante de mim não é Arsène Lupin.

Um silêncio profundo se seguiu. O juiz, confuso, exclamou:

– Ah! Como assim? Isso é um absurdo!

– À primeira vista, há certa semelhança – o detetive continuou –, entretanto, se olhar cuidadosamente para o nariz, boca, cabelos e cor de pele, verá que não é Arsène Lupin. E os olhos! Ele nunca teve esta expressão alcoolizada!

– Ora, senhor! Como assim? Está querendo dizer que estamos julgando a pessoa errada?

– Na minha opinião, sim. Arsène Lupin, de alguma forma, planejou colocar este pobre coitado em seu lugar, a não ser que este homem seja um cúmplice voluntário.

O desfecho surpreendente provocou gargalhadas e animação entre os espectadores. O juiz suspendeu o julgamento e convocou o sr. Bouvier, o carcereiro e os guardas da prisão.

Quando o julgamento foi retomado, o sr. Bouvier e o carcereiro examinaram o acusado e declararam que havia apenas vaga semelhança entre o prisioneiro e Arsène Lupin.

– Pois bem! – exclamou o juiz. – Então, quem é este homem? De onde ele veio? Por que está na prisão?

Dois dos guardas foram convocados e ambos declararam que o prisioneiro era Arsène Lupin. O juiz respirou fundo mais uma vez.

Mas, então, um dos guardas disse:

– Sim, sim, eu acho que é ele.

– Ora! – retrucou o juiz, impaciente. – Você *acha* que é ele! O que quer dizer com isso?

– Bom, eu vi muito pouco do prisioneiro. Foi colocado sob minha responsabilidade à noite e durante dois meses ele raramente se mexia, só ficava deitado na cama com o rosto virado para a parede.

– E o tempo anterior a esses dois meses?

– Antes disso ele ocupava uma cela em outra ala da prisão. Não era a cela vinte e quatro.

Neste momento, o carcereiro interrompeu-o:

– Transferimos Lupin para outra cela após sua tentativa de fuga.

– Mas você, *monsieur*, o viu durante esses dois meses?

– Não tive oportunidade. Estava sempre quieto e obediente.

– E esse prisioneiro não é Arsène Lupin?

– Não.

– Então, quem é ele? – exigiu saber o juiz.

– Não sei.

– Então, temos diante de nós um homem que foi substituído por Arsène Lupin há dois meses. Como se explica isso?

– Não tenho ideia.

Tomado pelo absoluto desespero, o juiz virou-se para o acusado e falou em tom conciliatório:

– Prisioneiro, poderia me informar como e desde quando o senhor se tornou um detento na Prison de la Santé?

O modo cativante de proceder do juiz era estudado e visava pôr fim à desconfiança e despertar a compreensão do homem acerca do que estava acontecendo. O sujeito tentou responder. Finalmente, após um questionamento hábil e gentil, o prisioneiro foi capaz de elaborar algumas frases das quais se extraiu a seguinte história: havia dois meses que fora levado à cela do tribunal, questionado e liberado. Enquanto deixava o prédio, foi cercado por dois guardas e colocado em um camburão. Desde então, passara a ocupar a cela vinte e quatro. Estava satisfeito lá, já que comida não lhe faltava, e dormia bem, então não reclamava.

Tudo aquilo parecia provável. E, em meio ao riso e euforia dos espectadores, o juiz suspendeu a sessão até que a história pudesse ser investigada e verificada.

ooooo

Os seguintes fatos foram constatados após uma investigação dos registros da prisão: havia oito semanas que um homem chamado Baudru Désiré dormira na cela do tribunal. Foi solto no dia seguinte e deixou a cela às duas da tarde. No mesmo dia, também às duas da tarde, após ter sido questionado pela última vez, Arsène Lupin deixou a cela do tribunal em um camburão.

Teriam os guardas cometido um erro? Teriam sido enganados pela semelhança entre os homens e inadvertidamente substituído o prisioneiro por Baudru?

Outra pergunta surgiu instantaneamente: a substituição fora planejada com antecedência? Se fosse este o caso, Baudru devia ter sido um cúmplice e forjado a própria prisão com o único objetivo de tomar o lugar de Lupin. Ainda assim, quais eram as chances de um plano daquela magnitude, com base em uma série de possibilidades improváveis, ter sido executado com sucesso?

Baudru Désiré foi submetido a uma avaliação antropométrica; nunca haviam visto alguém como ele. Contudo, facilmente desvendaram seu passado. Era conhecido como Courbevoie em Asnières e Levallois. Vivia de esmolas e dormia em uma cabana de catador de lixo perto da Barrière des Ternes. Sumira de lá havia um ano.

Teria Baudru sido ludibriado por Arsène Lupin? Não havia evidências. Mesmo assim, não explicava a fuga do prisioneiro. Permanecia um mistério. Dentre as vinte teorias que surgiram para tentar explicá-la, nenhuma era satisfatória. Da fuga propriamente dita, não havia dúvidas. Era uma fuga incompreensível e extraordinária, e tanto o público quanto as autoridades reconheciam um plano meticulosamente preparado e uma combinação de circunstâncias incrivelmente encaixadas umas às outras, das quais o desfecho justificava a previsão confiante de Arsène Lupin: "Não estarei presente no meu julgamento".

Após um mês de investigação paciente, o caso continuava sem solução. O pobre Baudru não podia ser mantido na prisão indefinidamente e colocá-lo sob julgamento seria ridículo. Não havia acusações contra ele. Foi solto, mas o inspetor-geral da Sûrété decidiu mantê-lo sob vigilância. A ideia partiu de Ganimard. De seu ponto de vista, não havia nem cumplicidade nem acaso. Baudru era um instrumento utilizado pela habilidade fabulosa de Arsène Lupin. Liberto, Baudru os levaria a Arsène Lupin ou, pelo menos, a algum de seus comparsas. Os dois inspetores, Folenfant e Dieuzy, foram designados para colaborar com Ganimard.

Em uma manhã nebulosa de janeiro, os portões da prisão se abriram e Baudru Désiré saiu – era um homem livre. A princípio, parecia bastante constrangido e caminhou como uma pessoa que não tem ideia para onde está indo. Seguiu a Rue de la Santé e a Rue Saint-Jacques. Parou em frente a um brechó e tirou a camisa e o colete. Vendeu o último por alguns centavos, substituiu a camisa e seguiu seu caminho, cruzando o rio Sena. Na Châtelet, um ônibus passou por ele. Queria entrar, mas não havia lugar. O fiscal o aconselhou a pegar um número na fila, então acabou ficando no salão de espera.

Ganimard convocou seus dois assistentes.

– Pegue um carro… – ordenou, sem tirar os olhos do salão de espera. – Não, dois. É mais prudente. Vou com um de vocês e seguimos o sujeito.

Os homens obedeceram. Ainda assim, Baudru não apareceu. Ganimard entrou no salão de espera. Estava vazio.

– Que idiota eu sou! – murmurou. – Esqueci que havia outra saída.

Havia um corredor interno que se estendia do salão de espera à Rue Saint-Martin. Ganimard apressou-se por ele e chegou bem na hora de ver Baudru no ônibus que fazia o trajeto de Batignolles até o Jardin de Plantes. Acabara de virar uma esquina na Rue de Rivoli. Ganimard correu e saltou no ônibus, mas deixara para trás os dois assistentes.

Teria de continuar a perseguição sozinho. Furioso, estava inclinado a puxar o homem pela gola da camisa sem a menor cerimônia. Pois não teria sido aquilo tudo um estratagema ardiloso e premeditado que fez com que o falso tolo separasse Ganimard de seus assistentes?

Encarou Baudru. Estava dormindo em um assento do ônibus, a cabeça balançando, a boca parcialmente aberta com uma expressão de incrível estupidez no rosto manchado. Não, aquele era um adversário incapaz de enganar o velho Ganimard. Fora apenas azar, nada mais.

Na Galeries-Lafayette, o homem saltou do ônibus e pegou o bonde destinado a La Muette, seguindo o Boulevard Haussmann e a avenida Victor Hugo. Baudru desceu na estação La Muette. Com uma expressão indiferente, caminhou pelo Bois de Boulogne.

Vagava por um caminho, depois se decidia por outro, algumas vezes voltando por onde viera. O que desejava? Será que tinha um objetivo? Após uma hora, o homem parecia fatigado e se sentou ao encontrar um banco. O lugar estava deserto. Ficava à margem de um lago escondido no meio das árvores, não tão distante da região de Auteuil. Após mais meia hora, Ganimard ficou impaciente e decidiu falar com o sujeito. Aproximou-se e se sentou ao seu lado. Acendeu um cigarro e rabiscou círculos na terra com a ponta da bengala.

– Que dia agradável – disse.

Nenhuma resposta. Contudo, o homem começou a gargalhar. Era uma risada feliz, jovial, espontânea e irresistível. Ganimard se arrepiou, aterrorizado e surpreso. Era aquela risada! A risada infernal que conhecia tão bem!

O detetive agarrou-o pela gola com brusquidão e o encarou com um olhar apurado e penetrante, e constatou que não enxergava mais Baudru. Via Baudru, mas, ao mesmo tempo, via o outro, o verdadeiro homem: Arsène Lupin. Descobriu a intensidade de seus olhos, sua mente identificou os traços contraídos, percebeu a carne sob a pele flácida, a boca por trás dos trejeitos que a deformavam. Eram os olhos e a boca do outro e, sobretudo, a expressão viva, alerta e zombeteira, tão nítida e jovial!

– Arsène Lupin, Arsène Lupin – Ganimard gaguejou.

Então, furioso, segurou Lupin pela garganta e tentou imobilizá-lo. Apesar de seus cinquenta anos, Ganimard ainda possuía uma força atípica, enquanto seu adversário aparentemente estava enfraquecido. Mas o confronto foi breve. Arsène Lupin fez apenas um gesto ligeiro e Ganimard soltou o homem tão de repente quanto o atacara. Seu braço despencou, inerte.

– Se tivesse assistindo às aulas de jiu-jítsu na Quai des Orfèvres – disse Lupin –, saberia que esse golpe é chamado *udi-shi-ghi* em japonês. Mais um segundo e eu teria quebrado o seu braço. E seria bem o que você merece. Estou surpreso que você, um velho amigo que respeito e a quem voluntariamente exponho meu disfarce, abusa da minha confiança dessa maneira violenta. Isso é desprezível… Diga! Qual é o problema?

Ganimard não respondeu. Via-se como responsável pela fuga. Afinal, não fora ele, Ganimard, que induzira o erro no julgamento com uma evidência equivocada? A fuga já lhe parecia uma nuvem obscura em sua carreira profissional. Uma lágrima escorreu pela sua bochecha e foi aparada por seu bigode grisalho.

– Ah! *Mon Dieu*, Ganimard, não leve para o lado pessoal. Se você não tivesse falado nada, eu teria arranjado alguma outra pessoa para fazê-lo. Jamais permitiria que o coitado do Baudru Désiré fosse condenado.

– Então – murmurou Ganimard –, era você lá? E agora está aqui?

– Sou eu, sempre eu, apenas eu.

– Como é possível?

– Ah, não é feitiçaria. É simplesmente o que o juiz declarou no julgamento: o aprendizado de doze anos que preparam um homem para enfrentar e superar todos os obstáculos da vida.

– Mas e o seu rosto? Seus olhos?

– Garanto que se trabalhei dezoito meses com o dr. Altier no Hospital Saint-Louis, não foi por amor à profissão. Considerava que aquele que um dia teria a honra de ser chamado de Arsène Lupin deveria se eximir das leis ordinárias que governam a aparência e a identidade. A aparência, por exemplo, pode ser modificada à vontade. Uma injeção hipodérmica de parafina inchará a pele no local desejado. O ácido pirogálico o deixará com feições indianas. O sumo das celidônias maiores o enfeitarão com os mais lindos tumores e erupções cutâneas. Existem químicos que afetam a barba e o cabelo; outros que mudam o tom da voz. Some a isso dois meses de dieta na cela vinte e quatro; exercícios repetidos mil vezes para que eu conseguisse adquirir certos trejeitos, deixar a cabeça em uma certa inclinação, adaptar minhas costas e ombros para uma postura mais curvada. Depois, cinco gotas de atropina nos olhos para deixá-los abatidos e vidrados. Eis o truque!

– Não entendo como enganou os guardas.

– A mudança foi progressiva. A evolução foi tão gradual que não conseguiram notar.

– E Baudru Désiré?

– Baudru existe. É um rapaz pobre e inofensivo que encontrei ano passado; e, de fato, possui certa semelhança comigo. Considerando minha prisão como uma possibilidade, tomei Baudru aos meus cuidados e estudei os pontos onde diferíamos em aparência, com o objetivo de corrigi--los em minha própria pessoa. Meus amigos asseguraram que ele ficaria na cela do tribunal durante a noite e sairia no dia seguinte na mesma hora que eu – uma coincidência planejada com facilidade. Claro que era necessário ter um registro de sua detenção na cela para garantir que ele existisse; de outro modo, a polícia teria buscado outras fontes para descobrir minha identidade. Contudo, ao oferecer o magnífico Baudru, era inevitável, você sabe, que o capturassem. Apesar das dificuldades intransponíveis de uma substituição, prefeririam acreditar nela a confessar a própria ignorância.

– Sim, claro – disse Ganimard.

– E, depois – continuou Arsène Lupin –, eu tinha um trunfo em minhas mãos: um público ansioso aguardando pela minha fuga. E este foi o erro fatal no qual você e os outros caíram ao longo desse jogo fascinante que travo pela minha liberdade contra os agentes da lei. E você supondo que eu estava querendo apenas "jogar para a plateia"; que eu estava inebriado com o meu próprio sucesso.

Eu, Arsène Lupin, acusado de um defeito desses! Ah, não! Não muito antes do caso do barão Cahorn você disse: "Quando Arsène Lupin grita para todo mundo que vai escapar é por que tem algum plano em vista". Mas, *sapristi*, precisa entender que, para escapar, devo antes criar uma crença geral na fuga, uma crença quase religiosa, uma convicção absoluta, uma realidade tão clara como o sol. E eu criei a crença de que Arsène Lupin escaparia, de que Arsène Lupin não estaria presente em seu julgamento. E quando você apresentou sua evidência e disse: "Este homem não é Arsène Lupin", todos estavam preparados para acreditar em você. Se uma pessoa sequer tivesse duvidado... Se qualquer um tivesse proferido uma simples objeção como, por exemplo, "e se ele for realmente Arsène Lupin?", e então, daquele momento em diante, eu estaria perdido. Se, em vez de analisar o meu rosto acreditando que eu não era Arsène Lupin, como você e os outros fizeram no julgamento, outra pessoa o fizesse pensando que eu poderia, de fato, ser Arsène Lupin, então, apesar de todas as minhas precauções, eu teria sido reconhecido. Mas eu não temia. Lógica e psicologicamente, ninguém queria cogitar a ideia de que eu era Arsène Lupin.

Ele pegou a mão de Ganimard.

– Vamos, Ganimard, admita que na quarta-feira após nossa conversa na Prison de la Santé você me aguardou na sua casa às quatro da tarde, exatamente onde eu disse que estaria.

– E o seu camburão? – disse Ganimard, fugindo do questionamento.

– Um blefe! Alguns amigos meus se apossaram daquele veículo velho e não utilizado e quiseram fazer a tentativa.

Mas considerei aquilo pouco prático sem um número de circunstâncias inusitadas acontecendo ao mesmo tempo. Contudo, foi útil para aquela tentativa de fuga e para trazer ao caso bastante publicidade. Uma fuga audaciosamente planejada, ainda que incompleta, conferia à fuga seguinte um caráter de veracidade, simplesmente por antecipação.

– Então, o charuto…

– Eu mesmo o preparei, assim como a faca.

– E as mensagens?

– Escritas por mim.

– E o misterioso correspondente?

– Não existe.

Ganimard refletiu por um instante, então, falou:

– Quando a avaliação antropométrica estava considerando o caso de Baudru, como não notaram que as medidas dele coincidiam com as de Arsène Lupin?

– Minhas medidas não existem.

– Mas é claro!

– Ou, pelo menos, são falsas. Dediquei atenção considerável a essa questão. Em primeiro lugar, o sistema Bertillon[2] primeiro registra marcas visíveis de identificação, e que você sabe que não são infalíveis. Em seguida, as medidas da cabeça, dos dedos, das orelhas e do restante. Claro que tais medidas são mais ou menos infalíveis.

– Certamente.

– Só que… não são. Mas é caro contorná-las. Antes de deixarmos os Estados Unidos, um funcionário do sistema Bertillon no país aceitou bastante dinheiro para inserir

---

2 Sistema antropométrico de identificação de pessoas, adotado em Paris no século XIX e utilizado na Europa e nos Estados Unidos até 1970. (N.T.)

valores falsos às minhas medidas. Como consequência, as medidas de Baudru não estavam de acordo com as de Arsène Lupin.

– O que vai fazer agora? – perguntou Ganimard após breve silêncio.

– Agora… – respondeu Lupin. – Vou descansar, experimentar as melhores comidas e bebidas e recuperar aos poucos minha condição de saúde anterior. É prudente se tornar Baudru ou alguma outra pessoa de vez em quando, além de mudar a personalidade da mesma forma que se troca de roupa. Mas isso cansa rápido. Sinto-me como um homem que perdeu a própria sombra. Ficarei feliz em voltar a ser Arsène Lupin.

Ele caminhou de um lado para o outro por alguns minutos, então, detendo-se em frente a Ganimard, disse:

– Não tem mais nada a acrescentar, suponho.

– Tenho. Gostaria de saber se pretende revelar a verdadeira natureza dos fatos conectados à sua fuga. O erro que cometi…

– Ah! Ninguém jamais saberá que Arsène Lupin é quem foi libertado. É do meu próprio interesse cercar-me de mistério. Portanto, permitirei que minha fuga mantenha essa característica quase milagrosa. Então, não tema, querido amigo, não direi coisa alguma. E agora… adeus. Vou sair para jantar esta noite e o tempo para me arrumar é curto.

– Pensei que queria descansar.

– Ah, mas há deveres para com a alta sociedade que não se pode evitar. Amanhã, descansarei.

– Onde vai jantar esta noite?

– Com o embaixador britânico!

O VIAJANTE MISTERIOSO

Na noite anterior, eu enviara meu automóvel para Rouen pela rodovia. Minha intenção era viajar para Rouen de trem e visitar alguns amigos que moravam às margens do Sena.

Em Paris, minutos antes de a viagem começar, sete cavalheiros entraram na minha cabine, cinco deles fumando. Mesmo que a viagem fosse curta, viajar com aquela companhia não me agradava, principalmente porque o vagão era do modelo antigo, sem corredor. Peguei meu sobretudo, meus jornais e meu livreto de itinerário e busquei refúgio na cabine seguinte.

Estava ocupada por uma dama, que, ao me ver, fez um gesto de irritação, que não me passou despercebido. Ela se curvou em direção a um cavalheiro que estava de pé no degrau e tratava-se, sem dúvida, de seu marido. O cavalheiro me estudou e, aparentemente, minha aparência não o desagradou, já que sorriu enquanto falava com a esposa como se estivesse acalmando uma criança assustada.

Ela também sorriu e me deu uma olhadela amigável, como se compreendendo que eu era um daqueles homens distintos com quem uma mulher pode permanecer quieta por duas horas dentro de uma pequena caixa de meio metro quadrado sem nada a temer.

– Tenho uma reunião importante, querida – disse o marido. – Não posso esperar mais. *Adieu.*

Ele a beijou com carinho e saiu. Sua esposa lhe soprou beijos e acenou com um lenço. O apito soou e o trem partiu.

Naquele momento, sob o protesto dos guardas, a porta se abriu e um homem entrou apressado em nossa cabine. Minha companheira, que estava de pé ajeitando sua mala, deu um grito aterrorizado e caiu no assento. Não sou covarde – longe disso –, mas confesso que intrusões no último minuto são sempre desconfortáveis. Carregam uma aura antinatural e suspeita.

Contudo, minha impressão desfavorável sobre o novo viajante, causada pela brusquidão de sua chegada, logo mudou. Ele se vestia de modo apropriado e elegante, usava uma gravata de bom gosto, luvas adequadas e seu semblante era refinado e inteligente. Mas onde diabos eu vira aquele rosto antes? Sem a menor dúvida já o vira, mas a lembrança era tão vaga e indistinta que julguei inútil tentar recordar.

Voltei minha atenção à moça. Estava perplexo com a palidez e aflição que vislumbrei em sua face. Ela encarava o vizinho – ambos ocupavam assentos no mesmo lado da cabine – com expressão de extremo alerta. Notei que uma de suas mãos trêmulas se esgueirava para uma bolsinha de viagem que estava a uns cinquenta centímetros dela no assento. Ela a agarrou e a puxou para perto, nervosa. Nossos olhos se encontraram e identifiquei tanta angústia e medo que tive de me dirigir a ela:

– Está bem, madame? Devo abrir a janela?

Sua única resposta foi um gesto indicando que ela estava com medo de nosso companheiro. Sorri, como seu marido havia feito, e dei de ombros, explicando de forma quase teatral que não havia nada a temer, pois eu estava ali. Além disso, o cavalheiro parecia um indivíduo bastante inofensivo. Naquele instante, ele se virou para nós e nos perscrutou dos pés à cabeça. Depois, ajeitou-se em seu canto e não prestou mais atenção em nós.

Após um breve silêncio, como se angariando o máximo possível de energia para um ato desesperado, a moça falou comigo com uma voz quase inaudível:

– Você sabe quem está em nosso trem?

– Quem?

– Ele… Ele… Tenho certeza…

– Quem é ele?

– Arsène Lupin!

Ela não tirou os olhos de nosso companheiro. E foi virada para ele, não para mim, que ela proferiu aquele nome desconcertante. O sujeito puxou o chapéu sobre o rosto. Para esconder a agitação ou apenas dormir? Então, eu lhe disse:

– Ontem, Arsène Lupin foi sentenciado a vinte anos de prisão e trabalhos forçados por desobedecer à lei. Portanto, é improvável que ele fosse tão imprudente a ponto de aparecer em público hoje. Além do mais, os jornais anunciaram que ele foi visto na Turquia após sua fuga da Santé.

– Mas ele está neste trem neste exato momento – a moça proclamou com uma intenção óbvia de ser ouvida por nosso colega. – Meu marido é um dos diretores do serviço penitenciário e foi o próprio chefe da estação quem nos informou que estavam efetuando uma busca por Arsène Lupin.

– Podem ter cometido um engano…

– Não. Ele foi visto no salão de espera. Comprou um tíquete de primeira classe para Rouen.

– Teria sido fácil capturá-lo então…

– Ele desapareceu. O guarda no salão de espera não o viu passar. Acreditam que entrou no expresso que parte dez minutos após o nosso.

– Neste caso, certamente o prenderão.

– A não ser que, no último instante, ele tenha saltado do outro trem para vir para este… Para o nosso trem… O que é bem provável… Quase certo.

– Se for este o caso, será preso do mesmo modo. Os guardas e funcionários o veriam mudando de um trem para o outro e, quando chegarmos em Rouen, vão prendê-lo.

– Prendê-lo? Nunca! Ele encontrará meios de escapar.

– Nesse caso, *bon voyage* para ele.

– Mas imagine o que ele pode fazer durante a viagem!

– O quê?

– Não sei. Pode fazer qualquer coisa!

Ela estava bastante agitada e, de fato, a situação justificava aquela crise nervosa até certo ponto. Senti-me obrigado a falar:

– Claro que existem muitas coincidências esquisitas, mas não tenha medo. Mesmo admitindo que Arsène Lupin esteja nesse trem, ele não cometerá nenhuma indiscrição. Estará apenas feliz por ter conseguido escapar do perigo que o ameaça.

Minhas palavras não a confortaram, mas ela permaneceu em silêncio por um tempo. Abri meus jornais e li as reportagens sobre o julgamento de Arsène Lupin, porém, como não continham nenhuma novidade, não perdi muito tempo nelas. Além do mais, estava cansado e sonolento. Sentia minhas pálpebras se fechando e minha cabeça pendendo.

– Ei, *monsieur*, você não vai dormir!

A moça puxou meu jornal e me encarou, indignada.

– Claro que não – falei.

– Seria bastante imprudente.

– Com certeza – concordei.

Lutei para me manter acordado. Observei a paisagem e as nuvens passando do lado externo, mas logo tudo se tornou confuso e indistinto. A visão da dama nervosa e do cavalheiro sonolento desapareceram da minha mente e mergulhei em sono profundo. A minha tranquilidade logo foi perturbada por um sonho inquietante, no qual uma criatura que ostentava o nome de Arsène Lupin era a protagonista. Ela apareceu para mim carregando vários itens de valor nas costas; saltava muros e saqueava palácios. Mas os contornos da criatura, que não era mais Arsène Lupin, logo ganharam forma definida. Ela se moveu na minha direção, ficando cada vez maior, saltou para dentro da cabine com uma agilidade incrível e aterrissou bem no meu peito. Acordei com um grito de susto e dor. O homem – o viajante, nosso colega de cabine – estava com o joelho no meu peito, segurando-me pelo pescoço.

Minha visão estava bastante ofuscada porque meus olhos estavam injetados de sangue. Conseguia ver a moça, em um canto da cabine, em estado de choque. Nem mesmo tentei resistir. Também não tinha força para fazê-lo. Minhas têmporas latejavam, eu estava quase estrangulado. Mais um minuto e daria meu último suspiro. O homem pareceu ter notado porque relaxou o aperto, mas não tirou a mão. Pegou uma corda com um nó corredio e amarrou meus punhos. Em um instante, eu estava atado, silenciado e desamparado.

O sujeito executou a façanha com facilidade e habilidade, revelando a destreza de um mestre. Era, sem dúvida, um ladrão profissional. Não dissera uma palavra, não mostrara nervosismo; apenas tranquilidade e audácia. E lá estava eu, deitado no banco, amarrado como uma múmia. Logo eu… Arsène Lupin!

Era tudo, menos motivo de piada, mas, ainda assim, apesar da gravidade da situação, eu apreciava a ironia e o capricho envolvidos. Arsène Lupin imobilizado e preso como um novato! Roubado – pois o biltre me despojara da minha bolsa e da minha carteira! – como se fosse um ser bronco e desprovido de sofisticação. Arsène Lupin, uma vítima enganada e subjugada… Que aventura!

A moça não se mexeu. O ladrão sequer a notou. Contentou-se em pegar sua mala, que caíra no chão, e remover as joias, a carteira e alguns apetrechos de ouro e prata. A moça abriu os olhos, tremendo de medo, e arrancou seus anéis, entregando-os para o homem como se quisesse poupá-lo do esforço. Ele os pegou e a encarou. Ela desmaiou.

Então, bastante calmo, o homem voltou ao seu assento, acendeu um cigarro e examinou as preciosidades que acabara de adquirir. Parecia completamente satisfeito.

Mas eu não estava tão satisfeito. Não falei nada sobre os doze mil francos dos quais fora injustamente defraudado: aquilo era apenas uma perda temporária, pois eu tinha certeza de que recuperaria o dinheiro muito em breve, junto aos documentos importantes de minha carteira – planos, especificações, endereços, listas de correspondentes e cartas comprometedoras. Naquele momento, uma questão mais imediata e séria me perturbava: como aquele caso terminaria? Qual seria a conclusão de tal aventura?

Como era de se imaginar, a agitação causada pela minha passagem na estação Saint-Lazare não passara despercebida por mim. Não pude assumir um disfarce, já que estava indo visitar amigos que me conheciam sob o nome Guillaume Berlat, dentre os quais minha semelhança com Arsène Lupin era motivo de muitas piadinhas inocentes. Então, sem dúvida, o delegado de polícia em Rouen, notificado por telégrafo e acompanhado por muitos agentes, estaria esperando o trem à procura de questionar todos os passageiros e investigar os vagões.

Eu, é claro, previra tudo aquilo, mas não me incomodara, já que estava certo de que a polícia de Rouen não era muito mais esperta do que a de Paris; logo, eu não seria reconhecido – talvez bastasse apresentar, fingindo casualidade, meu cartão de *député*, o mesmo com o qual eu passara completa confiança ao fiscal da estação em Saint-Lazare.

Mas a situação mudara muito. Não estava mais livre. Era impossível tentar um dos meus truques costumeiros. Em uma das cabines, o delegado de polícia encontraria o sr. Arsène Lupin, amarrado das mãos aos pés, indefeso como um cordeirinho, já empacotado e prontíssimo para ser jogado em um camburão. O delegado só precisaria aceitar a entrega do pacote, da mesma forma que se recebia uma mercadoria, talvez uma cesta de frutas com vegetais. Ainda assim, o que eu poderia fazer, estando amarrado e silenciado, para evitar aquela conclusão vergonhosa? E o trem seguia veloz até Rouen, que era a estação seguinte e a única da cidade, próxima a Vernon, Saint-Pierre.

Outro problema apresentava-se; um que, apesar de estar menos interessado nele em si, pensar em sua solução despertava minha curiosidade profissional. Quais eram as intenções de meu ardiloso companheiro? Claro que, caso eu estivesse sozinho, ele poderia deixar o vagão com tranquilidade e sem medo ao chegar em Rouen. Mas e quanto à moça? Tão logo a porta da cabine fosse aberta, ela, que agora estava quieta e submissa, gritaria por ajuda. O dilema me transtornava! Por que ele não a incapacitara da mesma maneira que fizera comigo? Aquilo lhe daria tempo suficiente para desaparecer antes que seu crime duplo fosse descoberto.

O sujeito continuava fumando, seus olhos fixos na janela que agora era açoitada pelas gotas de chuva. Virou-se, pegou meu itinerário e o consultou.

A moça continuava fingindo desmaio para enganar o bandido. Mas um acesso de tosse provocado pela fumaça do cigarro a expôs. Quanto a mim, estava bem desconfortável e exausto. Resolvi pensar… planejar…

O trem prosseguia a todo vapor, despreocupado, inebriado com sua própria velocidade.

Saint-Étienne! Naquele momento, o homem se levantou e deu dois passos em nossa direção. A moça emitiu um grito alarmado e desmaiou de verdade. Qual era a intenção do sujeito? Ele abaixou a janela do nosso lado. Uma chuva forte caía e o homem fez um gesto lamentando não ter um guarda-chuva ou sobretudo. Inspecionou o compartimento superior de bagagens. O guarda-chuva da moça estava lá, e ele o pegou. Também apanhou o meu sobretudo e o vestiu.

Estávamos cruzando o Sena. O sujeito arregaçou as calças e se curvou para levantar a lingueta externa da porta. Queria atirar-se nos trilhos? Àquela velocidade, era morte instantânea. Entramos em um túnel. O homem abriu a porta pela metade e pisou no degrau superior. Que loucura! A escuridão, a fumaça, o barulho… Tudo conferia um aspecto fantástico às ações do sujeito. De repente, o trem desacelerou. Logo depois, voltou a acelerar e, mais uma vez, desacelerou. Era provável que estivessem fazendo reparos naquela parte do túnel, o que obrigava os trens a diminuírem a velocidade. O homem estava ciente daquilo. Imediatamente, pisou no degrau inferior, fechou a porta atrás de si e pulou. Desapareceu.

Na mesma hora, a moça se recompôs. Sua primeira reação foi lamentar a perda das joias. Lancei-lhe um olhar desesperado, que compreendeu e removeu o pano que me sufocava. Ela queria retirar as cordas que me prendiam, mas eu a impedi.

– Não, não, A polícia deve ver tudo do jeito que foi. Quero que vejam o que aquele bandido fez conosco.

– Acho que devo soar o alarme…

– Tarde demais. Devia ter feito isso quando ele me atacou.

– Mas ele teria me matado. Ah, *monsieur*, não lhe disse que ele estava neste trem? Eu o reconheci por sua foto. E agora fugiu com as minhas joias.

– Não se preocupe. A polícia vai pegá-lo.

– Pegar Arsène Lupin? Nunca!

– Só depende de você, madame. Escute. Quando chegarmos a Rouen, fique na porta e chame alguém. Faça barulho. A polícia e os funcionários da ferrovia virão. Diga-lhes o que testemunhou: o ataque e a fuga de Arsène Lupin. Descreva o sujeito… Um gorro, o seu guarda-chuva, um sobretudo cinza…

– Que era seu – disse ela.

– Como? Meu? De jeito nenhum. Era dele. Eu não trouxe sobretudo.

– Pareceu-me que ele não estivesse com um quando entrou.

– Sim, sim… a não ser que pertença a alguém que esqueceu no compartimento superior. De qualquer modo, ele o carregou quando fugiu e essa parte é essencial. Um sobretudo cinza… Lembre-se disso! Ah, já ia me esquecendo. Você deve dizer o seu nome antes de mais nada. A posição importante do seu marido vai estimular a atenção da polícia.

Chegamos na estação. Passei-lhe mais algumas instruções de forma um pouco autoritária.

– Diga a eles o meu nome: Guillaume Berlat. Se necessário, diga que me conhece. Poupará tempo. É preciso acelerar a investigação preliminar. O mais importante é irem atrás de Arsène Lupin. Lembre-se das suas joias! Fique atenta. Sou Guillaume Berlat, um amigo do seu marido.

– Entendido… Guillaume Berlat.

Ela começou a gritar e fazer gestos. Assim que o trem parou, vários homens adentraram a cabine. O momento crítico chegara.

– Arsène Lupin… – disse a moça, ofegante. – Ele atacou… Roubou minhas joias… Meu nome é sra. Renaud… Meu marido é diretor do serviço penitenciário… Ah! Ali está meu irmão, Georges Ardelle, diretor do Crédit Rouennais… Devem conhecê-lo… – Ela abraçou um rapaz que se juntou a nós e a quem o delegado saudou. Então, ela prosseguiu, chorando: – Sim, era Arsène Lupin… Enquanto este senhor dormia, ele o agarrou pelo pescoço… É o sr. Berlat, amigo do meu marido.

O delegado perguntou:

– Mas onde está Arsène Lupin?

– Saltou do trem quando passávamos por um túnel.

– Tem certeza de que era ele?

– Estou certa! Reconheci-o perfeitamente. Além do mais, ele foi visto na estação Saint-Lazare. Estava usando um gorro e…

– Não, era um chapéu de tecido mais rígido, como este – disse o delegado, apontando para o meu chapéu.

– Ele usava um gorro, tenho certeza – repetiu a sra. Renaud –, e um sobretudo cinza.

– Sim, correto – concordou o delegado –, o telegrama informa que ele vestia um sobretudo cinza de gola preta de veludo.

– Exatamente, uma gola preta de veludo! – confirmou a sra. Renaud, triunfante.

Suspirei aliviado. Ah! Que boa amiga!

Os agentes da polícia me libertaram. Mordi os lábios até sair sangue. Curvei-me com o lenço na boca, uma atitude bastante natural para alguém que permaneceu certo tempo em uma posição desconfortável e cuja boca exibia hematomas por ter sido amordaçado.

– *Monsieur*, era Arsène Lupin – disse eu ao delegado com uma voz fraca. – Não há dúvidas. Se nos apressarmos, ele ainda pode ser capturado. Creio ser capaz de ajudá-los.

O vagão no qual o crime ocorrera foi desacoplado do trem para servir como testemunha muda para a investigação oficial. O trem prosseguiu até Havre. Fomos, então, conduzidos por entre uma multidão curiosa até o escritório do chefe da estação.

Então fui acometido por uma crise de dúvida e precaução. Precisava de um pretexto para reaver meu automóvel e fugir. Permanecer ali era perigoso. Algo podia acontecer, por exemplo, um telegrama de Paris. Seria o meu fim.

Mas e o ladrão? Não tinha esperanças de capturá-lo com meus próprios recursos e em uma região desconhecida.

– Ah! Vou tentar – falei comigo mesmo. – Pode ser um plano difícil, mas vai ser divertido. E o que está em jogo vale o esforço.

Quando o delegado pediu que repetíssemos a história do roubo, eu disse:

– *Monsieur*, por favor, Arsène Lupin está ganhando vantagem. Meu automóvel está no pátio. Se puder fazer a gentileza de utilizá-lo, podemos tentar…

O delegado sorriu e respondeu:

– A ideia é boa… Tão boa, na verdade, que já está sendo aplicada. Dois dos meus homens partiram em bicicletas. Já tem um tempo.

– Para onde foram?

– Para a entrada do túnel. Vão reunir evidências, procurar testemunhas e seguir os rastros de Arsène Lupin.

– Seus homens não vão encontrar nenhuma evidência ou testemunhas. – Não pude evitar o desdém.

– Ora, francamente!

– Arsène Lupin não permitirá que alguém o veja sair do túnel. Ele seguirá pela primeira estrada possível e…

– Até Rouen, onde nós o prenderemos.

– Ele não irá para Rouen.

– Então, permanecerá nas redondezas, onde sua captura será ainda mais fácil.

– Ele não permanecerá nas redondezas.

– Ah, é? E onde ele vai se esconder?

Olhei para o relógio e falei:

– No momento, Arsène Lupin está vagando próximo à estação de Darnétal. Às dez e cinquenta, ou seja, dentro de vinte e dois minutos, ele pegará o trem que vai da estação norte de Rouen até Amiens.

– Acha mesmo? Como sabe disso?

– Ah, é bem simples. Quando estávamos no vagão, Arsène Lupin consultou o meu itinerário. Por que ele fez isso? Bom, não tão longe do ponto onde ele desapareceu, havia outra linha ferroviária com uma estação próxima e um trem que logo pararia naquela estação. Deduzi ao consultar o itinerário.

– Francamente, *monsieur* – reconheceu o delegado –, esta é uma dedução incrível. Quero parabenizá-lo pela sagacidade.

Convenci-me de que havia cometido um erro ao demonstrar tanto conhecimento. O delegado me encarou com espanto. Imaginei que sua mente de agente da lei nutria uma leve suspeita... Pensando bem... dificilmente, já que as fotos distribuídas e transmitidas pelo departamento de polícia estavam bem pouco nítidas. Mostravam um Arsène Lupin tão diferente do homem à sua frente que era impossível que me reconhecesse por meio delas. Ainda assim, o agente da lei estava inquieto, confuso e pouco à vontade.

– *Mon Dieu*! Nada estimula tanto o raciocínio quanto perder uma carteira e o desejo de recuperá-la. Acredito que se me designar dois de seus homens, nós podemos...

– Oh! Eu lhe imploro, *monsieur le commissaire* – disse a sra. Renaud. – Escute o sr. Berlat.

A intervenção de minha excelente amiga foi decisiva. Dito por ela, esposa de um influente diretor, o nome Berlat de fato se tornava real e me garantia uma identidade que não seria afetada por mera suspeição.

– Acredite, sr. Berlat – disse o delegado, levantando-se –, ficarei feliz de celebrar o seu sucesso. Estou tão interessado quanto você na prisão de Arsène Lupin.

O homem me acompanhou até o carro e me apresentou a dois de seus agentes: Honoré Massol e Gaston Delivet, ambos designados para me ajudar. Meu motorista deu a partida no carro e me sentei ao volante. Segundos depois, deixamos a estação. Estava a salvo.

Que agradável! Devo confessar que sentia um profundo orgulho ao percorrer os bulevares ao redor da antiga cidade normanda no meu ligeiro Moreau-Lepton de trinta e cinco cavalos de potência, e o motor correspondia, solícito aos meus desejos. À esquerda e à direita, as árvores passavam com rapidez estonteante. E eu, um homem livre e fora de perigo, precisava apenas resolver as minhas singelas questões pessoais com os dois honestos representantes da polícia de Rouen sentados atrás de mim. Arsène Lupin saía para caçar Arsène Lupin!

Humildes guardiões da ordem civil – Gaston Delivet e Honoré Massol –, quão valiosa foi a assistência de ambos! O que eu teria feito sem vocês? Sem vocês, nos cruzamentos, poderia ter pegado o trajeto repetidas vezes! Sem vocês, Arsène Lupin teria cometido um engano, e o fugitivo teria escapado!

Mas o fim ainda não estava próximo. Longe disso. Ainda precisava capturar o ladrão e recuperar os documentos roubados. Sob nenhuma circunstância os meus dois auxiliares deveriam ver tais documentos, muito menos tê-los em mãos. Era uma questão que poderia gerar certa dificuldade.

Chegamos a Darnétal três minutos antes da partida do trem. Verdade seja dita, eu tinha a vantagem de saber que um homem vestindo um sobretudo cinza com uma gola preta de veludo subira no trem e comprara uma passagem de segunda classe para Amiens. Minha estreia como detetive era mesmo promissora.

– O trem é expresso – informou Delivet –, e a próxima parada é em Montérolier-Buchy dentro de dezenove minutos. Se não chegarmos lá antes de Arsène Lupin, ele conseguirá seguir até Amiens ou mudar de trem para Clères e, de lá, ir até Dieppe ou Paris.

– Qual é a distância até Montérolier?

– Vinte e três quilômetros.

– Vinte e três quilômetros em dezenove minutos... Chegaremos lá antes dele.

E lá fomos nós! Nunca o meu fiel Moreau-Repton respondeu à minha impaciência com tanto ímpeto e regularidade. O veículo tomava parte em minha ansiedade; endossava minha determinação; compreendia minha hostilidade contra o salafrário do Arsène Lupin. Aquele patife! Traidor!

– Vire à direita – instruiu Delivet –, depois à esquerda.

Praticamente voamos, mal tocando o solo. As placas de quilometragem pareciam animaizinhos envergonhados que desapareciam conforme nos aproximávamos. De repente, em uma curva na estrada, vimos um vórtice de fumaça. Era o expresso seguindo para o norte. Por um quilômetro, foi um embate lado a lado, mas um conflito desigual do qual o resultado era óbvio. Vencemos a corrida por vários metros.

Em três segundos, estávamos na plataforma em frente aos vagões de segunda classe. As portas se abriram e alguns passageiros saíram, mas não o ladrão. Efetuamos uma busca pelas cabines. Nenhum sinal de Arsène Lupin.

– *Sapristi!* – exclamei. – Ele deve ter me reconhecido no carro enquanto dirigíamos lado a lado com o trem e pulou.

– Ah! Olha ele lá! Está cruzando o trilho.

Comecei a perseguir o homem com meus dois auxiliares atrás de mim. Ou melhor, um deles, já que o outro, Massol, se mostrou um corredor de extrema velocidade e fôlego. Em segundos, obteve enorme vantagem sobre o fugitivo. O homem notou, pulou uma sebe, disparou por uma campina e entrou em um denso bosque. Quando chegamos, Massol já nos aguardava. Não seguira adiante com receio de nos deixar para trás.

– Muito bem, caro amigo – falei. – Depois de uma corrida dessas, nosso fugitivo deve estar sem fôlego. Vamos pegá-lo.

Investiguei as redondezas pensando em como prosseguir sozinho para capturar o ladrão, de forma que pudesse recuperar meus documentos sem que as autoridades fizessem muitas perguntas indelicadas.

– Vai ser bem simples – disse aos meus companheiros. – Massol, fique à esquerda; Delivet, você fica à direita. Assim conseguem observar toda a linha posterior da vegetação, e o sujeito não conseguirá fugir sem que vocês o vejam, exceto por aquele barranco, que é onde ficarei de olho. Se ele não aparecer voluntariamente, vou entrar e atraí-lo para um de vocês. Vocês só precisam aguardar. Ah! Já ia me esquecendo: caso eu precise de ajuda, dou um tiro para o alto.

Massol e Delivet prosseguiram para seus respectivos postos. Tão logo desapareceram, entrei no bosque com bastante precaução para não ser visto nem ouvido.

Passei por matagais densos cortados por caminhos estreitos, mas os galhos que pendiam das árvores me obrigaram a caminhar com a postura curvada. Um desses caminhos conduzia a uma clareira na qual identifiquei pegadas na relva úmida. Segui-as. Levavam até o sopé de um monte onde ficava uma choupana abandonada e em ruínas.

– Deve estar ali – murmurei para mim mesmo. – Um refúgio bem selecionado.

Caminhei com cuidado até a parte lateral da choupana. Um barulho sutil acusou a presença do ladrão e o vi por uma fresta. Estava de costas para mim. Em duas passadas largas, alcancei-o. O homem tentou atirar com um revólver que trazia na mão. Mas não teve tempo. Derrubei-o de maneira a deixar seus braços abaixo do corpo, torcidos e inutilizados. Apoiei um joelho sobre o seu peito.

– Escute aqui, meu rapaz – sussurrei em seu ouvido. – Eu sou Arsène Lupin. Você deve entregar, imediatamente e sem cerimônia, a minha carteira e as joias da moça. Como recompensa, vou poupá-lo da polícia e co-optá-lo para minha lista de parceiros. Em uma palavra: sim ou não?

– Sim – murmurou.

– Muito bem. Sua fuga esta manhã foi bem planejada. Parabéns.

Levantei-me. O homem remexeu no bolso, puxou uma faca longa e tentou me atacar.

– Idiota! – exclamei.

Com uma das mãos, bloqueei o ataque; com a outra, golpeei a carótida do sujeito. Ele caiu, atordoado.

De posse dos meus documentos e dinheiro, peguei a carteira do sujeito por curiosidade. Em um envelope endereçado a ele, descobri seu nome: Pierre Onfrey. Levei um susto. Pierre Onfrey, o assassino da Rue Lafontaine em Auteuil! Pierre Onfrey, o homem que cortou a garganta da sra. Delbois e de suas duas filhas. Curvei-me sobre o sujeito. Sim, eram as feições das quais eu não conseguira me recordar no vagão, mas que conhecia de algum lugar.

Mas o tempo estava passando. Coloquei duas notas de cem francos em um envelope com um cartão.

> *De Arsène Lupin para seus queridos colegas Honoré Massol e Gaston Delivet: uma singela recompensa por sua gratidão.*

Depositei-o em um lugar de destaque na sala, onde seria facilmente visto. Ao seu lado, deixei a bolsa da sra. Renaud. Por que eu mesmo não a devolvia para a moça que me demonstrara tanta simpatia? Confesso que removi tudo de valor de seu interior, deixando apenas um pente de casco de tartaruga, um batom Dorin vermelho e uma carteira vazia. Mas, veja bem... amigos, amigos, negócios à parte. Além do mais, o marido dela estava envolvido em uma profissão tão desonrosa!

O assassino estava recuperando a consciência. O que eu faria? Era incapaz de salvá-lo ou condená-lo. Peguei o revólver do sujeito e atirei para o alto.

– Meus dois auxiliares virão resolver este caso – disse a mim mesmo conforme voltava pelo caminho em direção ao barranco. Vinte minutos depois, estava em meu carro.

Às quatro da tarde, telegrafei aos meus amigos em Rouen contando que um incidente inesperado me impediria de visitá-los. Cá entre nós, considerando o que meus amigos deviam ter descoberto, minha visita seria adiada indefinidamente. Que desilusão cruel para eles!

Às seis horas, estava de volta a Paris. Os jornais noturnos informavam que Pierre Onfrey fora finalmente preso.

No dia seguinte – não desprezemos as vantagens da publicidade inteligente –, o *Echo de France* publicou a seguinte nota sensacionalista:

> *Ontem, próximo a Buchy e após vários incidentes intrigantes, Arsène Lupin efetuou a prisão de Pierre Onfrey. O assassino da Rue Lafontaine assaltou a sra. Renaud, esposa do diretor do serviço penitenciário, em um vagão de trem na linha Paris – Havre. Arsène Lupin devolveu à sra. Renaud a sua bolsa, além de ter dado uma generosa recompensa aos dois detetives que o auxiliaram nesta surpreendente prisão.*

O COLAR DA RAINHA

Duas ou três vezes por ano, em ocasiões de prestígio excepcional – como os bailes na embaixada austríaca ou as *soirées* de lady Billingstone –, a condessa de Dreux-Soubise usava ao redor de seu pescoço claro o "colar da rainha".

Tratava-se, de fato, do famoso e lendário colar que Böhmer e Bassenge, joalheiros da corte, confeccionaram para a sra. Du Barry. O autêntico colar que o cardeal de Rohan-Soubise pretendera dar a Maria Antonieta, rainha da França. E o mesmo que a ladra Jeanne de Valois, condessa de la Motte, fragmentara em peças menores em uma noite de fevereiro em 1785, com o auxílio de seu marido e também de um ajudante, Rétaux de Villete.

Na verdade, apenas a armação era genuína. Rétaux de Villette o guardara, enquanto o conde de la Motte e sua esposa espalharam aos quatro cantos as belíssimas pedras tão meticulosamente selecionadas por Böhmer. Mais tarde, o conde vendeu a armação a Gaston de Dreux-Soubise, sobrinho e herdeiro do cardeal, que recomprou os poucos diamantes que restaram em posse de Jefferys, o joalheiro inglês. Depois, complementou-as com outras pedras de mesmo tamanho, mas de qualidade muito inferior, restaurando assim o maravilhoso colar na forma como fora concebido pelas mãos de Böhmer e Bassenge.

Por quase um século, a casa dos Dreux-Soubise se orgulhava de possuir a joia histórica. Embora determinadas circunstâncias adversas tenham reduzido consideravelmente a fortuna da família, preferiam economizar com as despesas domésticas a se desfazer da relíquia real. Mais especificamente, o conde atual se agarrava a ela como um homem se apega ao lar de seus ancestrais. Por precaução, alugara um cofre no Crédit Lyonnais para guardá-la. Ele mesmo visitava o banco na tarde dos dias em que sua esposa queria utilizá-la. E ele mesmo a devolvia na manhã seguinte.

Naquela noite, na cerimônia no Palais de Castille, a condessa desfrutava de um sucesso significativo; e o rei Cristiano, para quem se destinava a celebração, fez comentários sobre sua elegância e beleza. As mil facetas do diamante brilhavam e resplandeciam como chamas ao redor do pescoço e dos ombros torneados da condessa. Dava para afirmar que ninguém além dela poderia ter usado melhor aquela vibrante joia com tanta desenvoltura e esbelteza.

Era uma vitória dupla, e o conde de Dreux estava deleitado quando retornaram ao seu quarto na antiga residência da família no bairro Saint-Germain. Estava orgulhoso de sua esposa e também do colar que conferira esplendor por gerações à sua nobre casa. A condessa, também, tratava o colar com vaidade quase infantil. Não foi sem lamentar que o removeu do pescoço e o entregou ao marido, que o admirou com paixão tal como se nunca o tivesse visto antes. Depois, após o guardar em seu estojo de couro rubro e estampado com o brasão do cardeal, o conde seguiu para uma sala anexa, simplesmente uma câmara interligada ao quarto, pela qual só era possível entrar pela porta de frente bem ao pé da cama. Como fizera em outras ocasiões, o conde escondeu a preciosidade em uma estante alta entre caixas de chapéu e pilhas de enxovais. Fechou a porta e foi dormir.

Na manhã seguinte, levantou-se por volta de nove horas, pretendendo visitar o Crédit Lyonnais antes da refeição matinal. Vestiu-se, tomou uma xícara de café e prosseguiu ao estábulo visando dar algumas ordens. A condição de um dos cavalos o preocupava. Pediu que fosse exercitado em sua presença. Depois, retornou à esposa, que ainda não deixara o quarto. Sua aia lhe penteava os cabelos.

– Está saindo? – perguntou a condessa assim que ele entrou.

– Sim, vou até o banco.

– Ah, claro. Boa ideia.

Ele entrou na câmara anexa; mas após alguns segundos, sem qualquer sinal de surpresa, perguntou:

– Você o pegou, querida?

– O quê? Não, não peguei nada.

– Então, deve tê-lo mudado de lugar.

– De maneira alguma. Sequer abri essa porta.

O conde saiu para o quarto, desconcertado, e gaguejou, com uma voz pouco inteligível:

– Você não… Não foi você? Então…

A condessa levantou-se rápido com o intuito de ajudá-lo e, juntos, fizeram uma busca minuciosa, jogando caixas no chão e revirando roupas de cama. Então, o conde, tomado pelo desânimo, disse:

– É inútil continuar procurando. Eu o coloquei aqui, nesta estante.

– Deve ter se enganado.

– Não… Estava nesta estante. Tenho certeza.

Acenderam uma vela, já que a câmara estava bem escura, e removeram todas as roupas de cama e objetos que lá jaziam. Quando o aposento foi esvaziado, reconheceram, desesperados, que o famoso colar desaparecera. Sem perder tempo lamentando em vão, a condessa notificou o delegado de polícia, o sr. Valorbe, que chegou rapidamente e, após ouvir a história, perguntou ao conde:

– Tem certeza de que ninguém entrou no seu quarto à noite?

– Tenho certeza absoluta. Tenho um sono muito leve. Além do mais, a porta do quarto estava trancada e lembro-me de tê-la destrancado esta manhã quando a minha esposa chamou a aia.

– E não há nenhuma outra entrada para a câmara anexa?

– Nenhuma.

– Nenhuma janela?

– Sim, mas está fechada.

– Vou investigá-la.

Acenderam velas e o sr. Valorbe logo notou que a metade inferior da janela estava bloqueada por uma mesinha estreita que não tocava as esquadrias em nenhum dos lados.

– Para onde dá esta janela?

– Para um pequeno pátio interno.

– E tem um andar acima?

– Dois. Mas no andar dos criados há uma tela que dá para o pátio. Por isso temos tão pouca luz do dia.

Quando a mesinha foi movida, descobriram que a janela estava trancada, o que não seria o caso se alguém tivesse entrado daquele modo.

– A não ser que – disse o conde – tenham entrado pelo nosso quarto.

– Nesse caso, a porta estaria destrancada.

O delegado pensou no caso.

– Alguma de suas aias sabe que você usou o colar na noite passada? – perguntou ele à condessa.

– Certamente. Não escondi delas. Mas ninguém sabia que estava guardado na câmara.

– Ninguém?

– Ninguém… A não ser que…

– Certifique-se bem, madame. É um detalhe deveras importante.

– Pensei em Henriette – aventou ela, virando-se para o marido.

– Henriette? Ela não sabe onde o guardamos.

– Tem certeza?

– Quem é essa Henriette? – perguntou o sr. Valorbe.

– Uma colega de classe deserdada pela família por ter se casado com um homem do povo. Depois da morte do marido, mobiliei uns aposentos para ela e o filho nesta casa. Ela é habilidosa em costura e já fez alguns trabalhos para mim.

– Em que andar ela está?

– No mesmo que o nosso… no fim do corredor… mas acho que… a janela da cozinha dela…

– Dá no pequeno pátio, não é?

– Sim, bem de frente para a nossa.

O sr. Valorbe foi questionar Henriette. Seguiram para os aposentos da moça, que estava costurando enquanto o filho, Raoul, de cerca de seis anos, lia sentado ao seu lado. O delegado ficou surpreso ao se deparar com os aposentos maltratados que haviam sido providenciados para Henriette. Consistia de um quarto sem lareira e de uma saleta minúscula que servia como cozinha. O delegado prosseguiu com o interrogatório. A moça parecia ter ficado sobressaltada ao saber do roubo. Na noite anterior, ela mesmo vestira a condessa e colocara o colar ao redor de seu pescoço.

– Meu bom Deus! – exclamou ela. – Não pode ser verdade!

– E você não faz ideia do que aconteceu? Alguma suspeita, por menor que seja? É possível que um ladrão tenha passado pelos seus aposentos?

Ela gargalhou, perplexa por descobrir que ela própria poderia ser motivo de suspeita.

– Mas eu não deixei os meus aposentos. Nunca saio. E talvez não tenha se dado conta…

Ela abriu a janela da cozinha.

– Olhe – disse ela –, são pelo menos três metros até a marquise da janela oposta.

– Quem lhe disse que supomos que o roubo foi cometido dessa maneira?

– Mas… O colar estava na câmara anexa, não?

– Como sabe disso?

– Ora, sempre soube que ele era guardado lá à noite. Já foi comentado em minha presença.

Seu rosto, ainda que jovem, demonstrava traços evidentes de tristeza e resignação. Naquele momento, também assumiu uma expressão aflita, como se algum perigo a ameaçasse. Puxou o filho para junto de si; a criança pegou sua mão e a beijou, carinhosa.

Quando ficaram a sós novamente, o conde perguntou ao delegado:

– Não creio que suspeite de Henriette. Eu respondo por ela. Ela é a honestidade em pessoa.

– Concordo plenamente com o senhor – disse o sr. Valorbe. – No máximo, pensei em uma cumplicidade inconsciente. Mas confesso que até essa teoria deva ser descartada, já que não nos ajuda a resolver o caso.

O delegado abandonou a investigação, que foi assumida pelo juiz instrutor. Ele questionou os criados, investigou a condição da fechadura, fez testes abrindo e fechando a janela da câmara e explorou todos os cantos do pátio. Tudo em vão. A fechadura estava intacta e a janela não podia ser aberta ou fechada pelo lado de fora.

Os questionamentos consideravam especialmente Henriette porque, apesar de tudo, sempre acabavam chegando nela. Conduziram uma investigação detalhada de seu passado e concluíram que, durante os últimos três anos, ela deixara a casa apenas quatro vezes, e seus assuntos em tais ocasiões foram explicados de modo satisfatório. Na verdade, ela atuava como camareira e costureira para a condessa, que a tratava com bastante rigor e até severidade.

Após uma semana, o juiz instrutor não obteve nenhuma informação mais precisa do que o delegado de polícia.

– Presumindo que conheçamos o culpado – anunciou ele –, o que não é o caso, somos confrontados com o fato de que não sabemos como o ato foi cometido. Deparamo-nos com dois obstáculos: uma porta e uma janela, ambas fechadas e trancadas. Portanto, é um mistério duplo. Como alguém poderia entrar e, além disso, escapar através de uma porta e de uma janela trancadas?

Após quatro meses, a opinião do juiz era de que o conde e a condessa, com dificuldades financeiras – já que era a condição costumeira dos dois – tinham vendido o colar da rainha. Ele decidiu encerrar o caso.

A perda da famosa joia foi um forte golpe nos Dreux-Soubise. Com seu crédito não mais garantido pelo fundo de reserva proporcionado pela relíquia, o casal se viu confrontado por credores e agiotas mais exigentes. Foram obrigados a arcar com prejuízos, vendendo ou hipotecando qualquer objeto de valor comercial. Logo, estariam arruinados se não tivessem sido salvos por duas grandes heranças de parentes distantes.

O orgulho de ambos também sofreu um baque, como se tivessem perdido parte de sua nobreza. E foi em sua antiga colega de classe, Henriette, que a condessa descontou suas frustrações. Demonstrava sentimentos bastante rancorosos e a acusava abertamente. Primeiro, Henriette foi relegada ao quarto dos criados e, no dia seguinte, expulsa.

Por um tempo, o conde e a condessa levaram uma vida tranquila. Viajavam bastante. Apenas um incidente significativo ocorrera naquele período. Meses após a partida de Henriette, a condessa se surpreendeu ao receber uma carta assinada por ela.

> *Madame,*
>
> *Não sei como lhe agradecer. Foi a senhora que me enviou o envelope, não foi? Não pode ter sido mais ninguém. Apenas a senhora sabe onde moro. Se estiver equivocada, peço que me perdoe e aceite meus sinceros agradecimentos por favores prestados no passado...*

O que ela queria dizer com aquela carta? Os favores prestados pela condessa no presente e no passado consistiam principalmente de injustiças e negligência. Por que, então, ela enviara a carta de agradecimento?

Quando questionada, Henriette respondeu que recebera um envelope pelo correio com dois cheques de mil francos. O envelope, que ela enviara junto à resposta, continha o selo de Paris e estava endereçado com uma caligrafia obviamente disfarçada. Mas de onde vinham os dois mil francos? Quem os enviara? E por quê?

Henriette recebeu uma carta similar e a mesma quantia de dinheiro doze meses depois. No ano seguinte, uma terceira vez... E uma quarta... E todo ano, por um período de seis anos, sendo que nos dois últimos a quantia foi dobrada. Havia uma outra diferença: o correio reteve uma das cartas sob o pretexto de não estar registrada, mas as duas anteriores haviam sido devidamente enviadas de acordo com o regulamento postal, a primeira com remetente em Saint-Germain, e outra em Suresnes. O remetente assinou a primeira como "Anquety", e a segunda como "Péchard". Os endereços fornecidos eram falsos.

Após seis anos, Henriette faleceu e o mistério permaneceu sem solução.

ooooo

O público estava ciente de tais eventos. O caso era um daqueles que incitavam o interesse generalizado. Era uma coincidência inusitada que o colar, que causara tanta comoção na França no fim do século XVIII, tivesse gerado agitação semelhante um século depois. Mas o que estou prestes a relatar é conhecido apenas pelas partes diretamente envolvidas e por algumas outras pessoas a quem o conde pediu que prometessem segredo. Como é provável que mais cedo ou mais tarde tais promessas sejam quebradas, não hesito em abrir a cortina e revelar a chave que soluciona o mistério, uma explicação para a carta publicada nos jornais matinais há dois dias. Foi uma mensagem extraordinária que intensificou ainda mais as névoas e sombras que pairam sobre esse caso impenetrável.

Cinco dias antes, alguns convidados jantavam com o conde de Dreux-Soubise. Havia diversas damas presentes, incluindo suas duas sobrinhas e sua prima, além dos seguintes cavalheiros: o presidente da Essaville; o deputado

Bochas; o *chevalier* Floriani, que o conde conhecera na Sicília; e o general marquês de Rouzières, um velho amigo de seu círculo social.

Após o banquete, as damas serviram café, o que dava permissão para que os cavalheiros acendessem seus cigarros, contanto que não saíssem do salão. A conversa transitava pelos mais diversos temas, até que um dos convidados mencionou crimes famosos. O marquês de Rouzière, que adorava provocar o conde, viu aquilo como uma oportunidade para mencionar o caso do colar da rainha, um assunto que o conde detestava.

Cada convidado expressou sua opinião sobre o caso. Obviamente, suas várias teorias eram não apenas contraditórias, mas impossíveis.

– E o senhor, *monsieur* – disse a condessa ao *chevalier* Floriani –, qual é a sua opinião?

– Ah! Eu? Não tenho opinião sobre o assunto, madame.

Todos os convidados protestaram, já que o *chevalier* acabara de relatar de forma bastante entretida suas várias aventuras com o pai, um magistrado em Palermo, as quais demonstravam sua opinião e apreço sobre tais assuntos.

– Confesso – contou ele – que algumas vezes tive sucesso em desvendar mistérios abandonados pelos detetives mais perspicazes. Ainda assim, não clamo ser um Sherlock Holmes. Além do mais, sei bem pouco sobre o caso do colar da rainha.

Todos se viraram para o conde que, muito a contragosto, narrou todas as circunstâncias conectadas ao roubo. O *chevalier* escutou, refletiu, fez algumas perguntas e disse:

– É muito estranho… A princípio, a solução parece ser bem simples.

O conde deu de ombros. Os outros se aproximaram do *chevalier*, que prosseguiu, com tom dogmático:

– Como regra geral, para se descobrir o autor de um crime ou golpe, é necessário determinar como o crime ou golpe foi cometido ou, pelo menos, como poderia ter sido cometido. No nosso caso, não poderia ser mais simples. Estamos frente a frente, não com várias teorias, mas com um fato: o ladrão pode apenas ter entrado pela porta do quarto ou pela janela da câmara. Bom, ninguém consegue abrir o ferrolho da porta pelo lado de fora. Portanto, ele deve ter entrado pela janela.

– Mas estava fechada e trancada, e a encontramos trancada após o crime – disse o conde.

– Para isso – continuou Floriani, sem dar atenção à interrupção –, ele teria de simplesmente construir uma ponte, com uma tábua ou uma escada, entre a varanda da cozinha e o parapeito da janela. E quanto ao porta-joias…

– Já disse que a janela estava trancada! – exclamou o conde, impaciente.

Desta vez, Floriani foi obrigado a responder. Ele o fez com imensa serenidade, como se a objeção fosse a mais insignificante do mundo.

– Certo, acredito que estava, mas não há um basculante na parte superior da janela?

– Como sabe disso?

– Em primeiro lugar, é comum em casas dessa época. Em segundo lugar, sem tal basculante, o roubo não pode ser explicado.

– Sim, há um basculante, mas estava fechado, assim como a janela. Logo, não lhe demos atenção.

– Foi um erro. Se o tivessem examinado, teriam descoberto que estava aberto.

– Mas como?

– Presumo que, como todos os outros, ele abra ao puxar uma cordinha com uma argola na ponta.

– Sim, mas não vejo…

– Logo, através de um buraco na janela, uma pessoa poderia puxar a argola e abrir o basculante com a ajuda de algum instrumento, talvez um objeto comprido com um gancho na ponta.

O conde riu e disse:

– Excelente! Excelente! Sua teoria é bastante inteligente, mas você se esqueceu de um detalhe, *monsieur*. Não há buraco na janela.

– Havia um buraco.

– Absurdo. Nós o teríamos visto.

– Para vê-lo, precisariam procurar e ninguém procurou. O buraco está lá. Tem que estar lá, ao lado da janela, no rejunte. Na vertical, claro.

O conde se levantou. Estava angustiado. Andou de um canto para o outro na sala duas ou três vezes, nervoso. Então, aproximou-se de Floriani.

– Ninguém esteve naquela câmara deste então – disse. – Nada foi mexido.

– Muito bem, *monsieur*, você pode facilmente verificar que minha informação está correta.

– Não está de acordo com os fatos estabelecidos pelo juiz instrutor. Você não viu nada, e mesmo assim contradiz tudo que vimos e tudo que sabemos.

Floriani ignorou a petulância do conde. Apenas sorriu.

– *Mon Dieu, monsieur* – disse –, estou só apresentando a minha teoria. Se estiver enganado, você pode provar com facilidade.

– Vou fazer isso agora... Acredito que essa sua presunção...

O conde balbuciou mais algumas palavras, mas logo se apressou até a porta e saiu. Ninguém disse nada em sua ausência, e o silêncio profundo conferia à situação um aspecto de importância quase trágica. Finalmente, o conde retornou, pálido e nervoso.

– Peço perdão... – disse aos amigos, a voz trêmula. – As revelações do *chevalier* foram tão inesperadas... Devia ter pensado...

– Diga logo... – a condessa o questionou, ansiosa. – O que é?

– O buraco está lá – gaguejou. – Bem onde ele disse, ao lado da janela...

Ele puxou o braço do *chevalier*.

– Agora, *monsieur*, continue – disse o conde, arrogante. – Admito que está certo até agora, mas... Não é tudo... Vamos lá... Conte-nos o restante.

Floriani soltou gentilmente seu braço da mão do conde e prosseguiu:

– Bem, na minha opinião, o que aconteceu foi o seguinte: o ladrão, sabendo que a condessa usaria o colar naquela noite, preparou sua passarela ou ponte durante sua ausência.

Ele vigiava o senhor pela janela e o viu esconder o colar. Em seguida, cortou o vidro e puxou a argola.

– Ah! Mas a distância era tão grande que seria impossível que ele alcançasse a tranca da janela pelo basculante.

– Bom, se ele não conseguiu abrir a janela pelo basculante, então passou através dele.

– Impossível! É pequeno demais. Nenhum homem passaria ali.

– Então, não foi um homem – declarou Floriani.

– Como assim?

– Se o basculante é pequeno demais para um homem, então deve ter sido uma criança.

– Uma criança!

– Você não disse que a sua amiga Henriette tinha um filho?

– Sim, um menino chamado Raoul.

– Então, o mais provável é que Raoul tenha cometido o crime.

– Que prova você tem?

– Que prova? Muitas! Por exemplo… – Ele parou, refletiu por um instante e prosseguiu: – Por exemplo, a passarela ou ponte. É improvável que a criança a tenha trazido de fora da casa e a removido depois, sem ser vista. Deve ter usado algo que estava disponível por perto. Na pequena salinha utilizada como cozinha por Henriette não havia algumas estantes encostadas contra a parede, nas quais ela guardava panelas e pratos?

– Duas estantes, se me lembro bem.

– Tem certeza de que essas estantes estão bem presas no suporte de madeira? Se não estão, podemos presumir que o menino as removeu, prendeu as duas juntas e criou uma ponte. Talvez, já que também havia um fogão, pudéssemos encontrar um atiçador de fogo que ele utilizou para abrir o basculante.

Sem mais palavras, o conde saiu da sala. Desta vez, os que estavam presentes não sentiram o mesmo nervosismo de antes. Estavam confiantes que Floriani estava certo, e ninguém se surpreendeu quando o conde retornou e declarou:

– Foi o menino. Temos todas as provas.

– Você encontrou as estantes e o atiçador?

– Sim. As estantes foram despregadas e o atiçador ainda está lá.

– Foi a mãe dele – exclamou a condessa. – Henriette é a culpada. Ela deve ter obrigado o filho a…

– Não – disse o *chevalier* –, a mãe não teve nada a ver com isso.

– Que absurdo! Eles viviam no mesmo quarto. A criança não conseguiria fazer nada sem o conhecimento da mãe.

– Sim, viviam no mesmo quarto, mas tudo isso aconteceu no quarto adjacente, à noite, enquanto a mãe dormia.

– E o colar? – disse o conde. – Teria sido encontrado em meio aos pertences do garoto.

– Perdão, não expliquei! Ele tinha saído. Naquela manhã, quando o encontrou lendo, ele acabara de chegar da escola. Talvez o delegado, em vez de perder tempo com a mãe inocente, devesse ter procurado na mesa da criança, no meio dos livros escolares.

– E como explica os dois mil francos que Henriette recebia todo ano? Não seriam evidência de sua cumplicidade no crime?

– Se ela fosse cúmplice, teria agradecido a senhora pelo dinheiro? E Henriette não estava sendo vigiada de perto? Já o menino, livre, poderia facilmente ir até uma cidade vizinha, negociar com algum comerciante e vender um diamante ou dois, sob a condição de que o dinheiro deveria ser enviado a partir de Paris. E poderia repetir isso todo ano.

Uma inquietação enorme perpassou os Dreux-Soubise e seus convidados. Havia algo no tom de voz e na atitude de Floriani – algo além da segurança exacerbada do *chevalier* que, desde o início, irritara o conde. Havia um toque de ironia que parecia mais hostil do que simpática. Mas o conde riu, falando:

– É tudo muito engenhoso e interessante. Parabéns pela sua imaginação fértil.

– De forma alguma – respondeu Floriani, com absoluta seriedade. – Não imaginei nada. Apenas descrevi os eventos como devem ter ocorrido.

– Mas o que sabe sobre eles?

– O que você me contou. Fico imaginando a vida da mãe e da criança no interior; a doença da mãe, os planos e inventividade da criança para vender as pedras preciosas para salvar a vida da mãe, ou, pelo menos, aliviar seus últimos momentos de vida. E então, a doença a vence. Ela morre. Anos se passam. O menino se torna um homem. E então… Agora realmente darei asas à minha imaginação… Vamos supor que o menino crescido sinta vontade de retornar ao lar de sua infância, que assim o faz, e que conhece certas pessoas que suspeitam de sua mãe e a acusam… Conseguem enxergar a mágoa e a angústia de ser colocado sob questionamento na própria casa onde o caso original se desenrolou?

Suas palavras pareciam ecoar no silêncio. Era possível enxergar nas expressões do conde e da condessa um estarrecimento e um esforço para compreender as palavras de Floriani e, ao mesmo tempo, o medo e aflição do que o entendimento significava.

– Quem é o senhor, *monsieur*? – disse o conde, finalmente.

– Eu? O *chevalier* Floriani, que você conheceu em Palermo e teve a gentileza de convidar para sua casa em diversas ocasiões.

– Então, o que quer dizer com essa história?

– Ah! Nada! É só um passatempo para mim. Eu me empenho em imaginar o deleite que o filho de Henriette teria, caso ainda esteja vivo, em lhe contar que ele era o culpado, e que fez tudo aquilo porque sua mãe estava infeliz, já que estava prestes a perder a posição de… serviçal que tinha na época. E porque a criança sofria ao testemunhar a melancolia da mãe.

Ele falava com uma emoção suprimida. Ergueu as costas e se inclinou em direção à condessa. Não havia dúvidas de que o *chevalier* Floriani era o filho de Henriette. Sua atitude e suas palavras o denunciavam. Além do mais, não fora sua intenção e desejo ser reconhecido como tal?

O conde hesitou. O que faria com o intrépido convidado? Gritar? Provocar um escândalo? Desmascarar o homem que um dia o roubara? Mas já havia se passado tanto tempo! E quem acreditaria naquela história absurda sobre uma criança culpada? Não… Era bem melhor aceitar a situação e fingir não entender seu verdadeiro significado.

– Sua história é bastante curiosa e divertida – disse o conde, virando-se para Floriani. – Gostei muito. Mas o que acha que aconteceu com esse jovem, esse exemplo de filho? Espero que ele não tenha abandonado a carreira na qual se iniciou de forma tão magnífica.

– Ah, certamente que não!

– Após uma estreia dessas, não é? Roubar o colar da rainha aos seis anos! O famoso colar que era cobiçado por Maria Antonieta!

– E roubá-lo – disse Floriani, entrando no clima – sem passar por nenhum contratempo, sem ninguém cogitar investigar a condição da janela ou observar que o parapeito foi limpo para apagar as marcas que ele fez na poeira. Devemos admitir que é algo para deixar orgulhoso um menino tão jovem. Foi tão fácil. Ele só precisava querer e estender a mão a fim de pegar o que desejava.

– E ele estendeu a mão.

– Ambas as mãos – respondeu o *chevalier*, rindo.

Seus companheiros estavam em choque. Qual era o mistério acerca da vida do suposto Floriani? Que vida incrível deve ter tido aquele aventureiro, um ladrão aos seis anos e que, hoje, em busca de diversão ou, pelo menos para satisfazer uma sensação de ressentimento, ousava desafiar sua vítima em sua própria casa com audácia e presunção, mas com toda a elegância e delicadeza de um hóspede cortês!

Floriani levantou-se e se aproximou da condessa visando despedir-se. Ela recuou inconscientemente. Ele sorriu.

– Ah, madame! Está com medo de mim! Será que exagerei no meu papel de mágico de palco?

A condessa se recompôs e respondeu, com sua costumeira desenvoltura:

– De maneira alguma, *monsieur*. A lenda do filho zeloso interessa-me bastante. Fico satisfeita em saber que meu colar teve um destino tão importante. Mas não acha que o filho daquela mulher, da tal Henriette, foi vítima de uma influência hereditária na escolha de sua vocação?

Floriani estremeceu, sentindo onde ela queria chegar.

– Estou certo disso – disse ele. – Além do mais, sua predisposição para o crime deve ter sido bem intensa ou ele teria desistido do roubo.

– Por quê?

– Porque, como bem sabe, a maioria dos diamantes eram falsos. As únicas pedras originais foram as poucas compradas do joalheiro inglês. As outras já haviam sido vendidas, uma por uma, para lidar com as cruéis necessidades da vida.

– Ainda assim, tratava-se do colar da rainha, *monsieur* – respondeu a condessa, altiva. – E isso é algo que o rapaz, o filho de Henriette, não seria capaz de apreciar.

– Ele era bem capaz de apreciar, madame, que, verdadeiro ou falso, o colar nada mais era do que um objeto de pompa, símbolo de um orgulho insensato.

O conde esboçou um gesto de ameaça, mas sua esposa o deteve.

– *Monsieur* – continuou ela –, caso o homem a que se refere tenha o mínimo senso de honra…

Ela se deteve, intimidada pelos trejeitos despreocupados de Floriani.

– Caso o homem tenha o mínimo senso de honra... – ele repetiu.

Ela percebeu que não teria nada a ganhar falando com ele daquele jeito e, apesar da raiva e da indignação, tremendo do jeito que estava e com o orgulho ferido, ela falou, quase que educadamente:

– *Monsieur*, a lenda diz que Rétaux de Villette, quando em posse do colar da rainha, não corrompeu a armação. Ele compreendia que os diamantes eram simplesmente um ornamento, meros acessórios, e que a armação era a essência da joia, a criação do artista. E ele a respeitava da forma adequada. Você acha que este homem, o filho de Henriette, pensava da mesma forma?

– Não tenho dúvidas de que a armação ainda existe. O menino a respeitava.

– Ora, *monsieur*, caso o encontre, diga a este menino que ele tem em posse indevida uma relíquia que é propriedade e motivo de orgulho de outra família. E diga que, ainda que as pedras tenham sido removidas, o colar da rainha continua pertencendo à casa dos Dreux-Soubise. Ele nos pertence tanto quanto nosso renome e nossa honra.

– Direi a ele, madame – assegurou o *chevalier*.

Fez uma reverência para a condessa, saudou o conde e os demais convidados e partiu.

ooooo

Quatro dias depois, a condessa de Dreux encontrou sobre a mesa de seu quarto um estojo de couro vermelho com o brasão do cardeal. Abriu-o e deparou-se com o colar da rainha.

No entanto, como todas as coisas devem convergir para o mesmo objetivo na vida de um homem que almeja por lógica e por harmonia – e já que uma propaganda inocente não faz mal –, o *Echo de France* publicou a seguinte nota um dia depois:

> *O colar da rainha, a joia histórica e famosa furtada da família Dreux-Soubise, foi recuperada por Arsène Lupin, que logo a devolveu à proprietária de direito. Não temos palavras para enaltecer uma atitude tão nobre e gentil.*

O SETE DE COPAS

Sempre me fazem a mesma pergunta: "Como você conheceu Arsène Lupin?".

Minha conexão com Arsène Lupin era um tanto quanto notória. Nossas relações amigáveis e comunicação regular, para não dizer intimidade, foram estabelecidas por causa dos detalhes que coleto sobre o misterioso sujeito, dos fatos irrefutáveis que apresento e das evidências atualizadas que costumo obter. Não apenas isso, mas provêm também da interpretação que faço de certos casos, desvendando os motivos secretos e os mecanismos ocultos que o público geral só enxerga de maneira superficial.

Mas como o conheci? Por que fui selecionado para ser seu biógrafo? Por que eu, e não outra pessoa?

A resposta é simples: a sorte se sobrepôs às minhas escolhas. Meu mérito sequer pode ser considerado. Foi o acaso que me colocou no caminho de Arsène Lupin. E foi por acaso que participei de uma de suas aventuras mais estranhas e misteriosas. Sem pretensões, tornei-me o ator de um drama no qual Arsène Lupin era o incrível diretor. Um drama obscuro e intricado, repleto de acontecimentos tão emocionantes que sinto certo constrangimento ao tentar descrevê-lo.

O primeiro ato aconteceu durante uma noite memorável de vinte e dois de junho, da qual muito já foi contado. Eu estava em um estado de espírito atípico ao retornar para casa porque, na ocasião, alguns amigos haviam me acusado de estar me comportando de modo estranho. Acabara de jantar com eles no restaurante Cascade e, durante toda a noite, enquanto fumávamos e a orquestra tocava valsas melancólicas, conversamos apenas sobre crimes e roubos, intrigas sombrias e assustadoras. Assuntos que são sempre um péssimo preâmbulo para uma noite de sono.

Os Saint-Martins foram embora de carro. Jean Daspry e eu retornamos a pé sob a noite escura e serena – o mesmo Daspry cortês e descuidado que morreu de maneira trágica seis meses depois na fronteira do Marrocos. Quando chegamos em frente à casinha na qual eu morava havia um ano, em Neuilly, no Boulevard Maillot, ele me disse:

– Você sente medo?

– De onde tirou isso?

– Esta casa é tão isolada… Sem vizinhos… Terrenos baldios… Sério, não sou um covarde, mas mesmo assim…

– Você está bastante animador hoje, não é?

– Ah, estou falando só por falar. Os Saint-Martins me perturbaram com aquelas histórias de salteadores e ladrões.

Apertamos as mãos e desejamos boa-noite um ao outro. Peguei minha chave e abri a porta.

– Mas que maravilha – murmurei. – Antoine esqueceu de acender uma vela.

Foi então que lembrei que Antoine estava tirando uma curta licença. Naquele instante, senti-me oprimido pela escuridão e pelo silêncio noturno. Subi as escadas na ponta dos pés e cheguei ao meu quarto o mais rápido que pude. Contrariando meu próprio hábito, girei a chave e puxei o ferrolho da porta.

A luz da vela reavivou a minha coragem. Ainda assim, fui cuidadoso ao remover o revólver do coldre – uma arma grande e potente – e depositá-lo ao lado da cama. Aquela precaução me tranquilizou um pouco mais. Deitei e peguei um livro da mesa de cabeceira para ler até pegar no sono, como de costume. Mas tive uma enorme surpresa. Em vez do abridor de cartas que utilizava para marcar a página, encontrei um envelope, lacrado com cinco selos e cera vermelha. Peguei-o, ansioso. Era endereçado a mim e marcado como urgente.

Uma carta! Uma carta para mim! Quem a teria colocado no livro? Nervoso, rasguei o envelope, abrindo-o, e a li:

> *A partir do momento que abrir esta carta, o que quer que aconteça, o que quer que escute, não se mova e não dê um pio. Caso contrário, estará condenado.*

Eu não sou covarde e posso lidar com perigo real tão bem quanto qualquer outra pessoa. Ou até mesmo sorrir para os perigos ilusórios da imaginação. Mas, vale repetir: eu estava em um estado de espírito anômalo, com os nervos à flor da pele devido às conversas daquela noite. Além do mais, estava diante de algo estarrecedor e misterioso, calculado para perturbar até mesmo os mais corajosos.

Meus dedos agitados agarraram a folha de papel. Li e reli as palavras ameaçadoras: "Não se mova e não dê um pio. Caso contrário, estará condenado".

Que absurdo, pensei. É uma brincadeira, coisa de algum bobalhão.

Estava prestes a dar uma risada – uma gostosa e alta gargalhada. Quem me impediu? O medo aterrorizante que comprimia minha garganta?

Pelo menos, apagaria a vela. Não, não podia. As palavras escritas eram claras: "Não se mova e não dê um pio. Caso contrário, estará condenado".

Aquelas autossugestões eram frequentemente mais imperiosas do que os fatos. Mas por que deveria lutar contra elas? Bastava fechar os olhos. E os fechei.

Naquele momento, escutei um som baixo, seguido por uma crepitação vinda do grande salão que eu utilizava como biblioteca. Uma antessala a interligava com o meu quarto.

A aproximação de um perigo de verdade me deixou nervoso, e senti vontade de levantar da cama, pegar meu revólver e correr para a biblioteca. Não o fiz. Vi uma das cortinas da janela da esquerda se mover. Não havia dúvida. E continuava balançando. E eu vi… Ah! Lá estava! No espaço estreito entre a cortina e a janela: uma figura humana. Uma massa robusta que impedia a cortina de ficar reta. E era igualmente certo que o sujeito me vira através da vasta malha do tecido. Foi então que compreendi a situação. A missão do sujeito era me observar enquanto outros levavam embora o roubo. Deveria me levantar e pegar meu revólver? Impossível! O sujeito estava bem ali! Ao menor movimento, ao menor barulho, eu estaria condenado.

Então, ouvi um barulho assombroso que balançou a casa. Foi seguido de dois sons mais leves, duas ou três vezes seguidas, como os de um martelo ressoando. Pelo menos era essa a impressão que eu tinha na minha cabeça conturbada. Os sons se mesclaram a outros, criando um rebuliço que provava que os intrusos não eram apenas ousados, mas se consideravam livres de adversidades.

E estavam certos. Não me mexi. Era covardia? Não… Talvez fraqueza, uma inabilidade completa de mover qualquer parte do meu corpo, além de bom senso. Por que eu deveria reagir? Atrás daquele homem, viriam dez outros para auxiliá-lo. Eu deveria arriscar minha vida para salvar algumas tapeçarias e objetos?

A tortura continuou durante a noite. Insuportável, angustiante! Os barulhos cessaram, mas permaneci com um temor constante de que fossem retornar. E o homem! O homem que me observava com uma arma na mão. Meus olhos temerosos continuavam direcionados a ele. E como meu coração palpitava! Transpirava por cada poro de meu corpo!

De repente, senti-me imensamente aliviado. O carro do leite, cujo som era familiar, passou pelo bulevar. Ao mesmo tempo, tive a impressão de que a luz de um novo dia tentava atravessar as persianas fechadas.

Finalmente, ela penetrou em meu quarto. Outros veículos transitaram pelo bulevar. E todos os fantasmas da noite desapareceram. Coloquei um braço para fora da cama, devagar e com cautela. Meus olhos continuavam fixos na cortina, pensando no ponto exato onde eu deveria disparar um tiro. Planejei com precisão quais movimentos fazer. Então, rápido, agarrei meu revólver e atirei.

Saltei da cama com um grito de libertação e corri para a janela. A bala atravessara a cortina e o vidro da janela, mas não tocara no homem. O motivo era que não havia ninguém ali. Ninguém! Logo, durante toda a noite, permaneci hipnotizado por uma dobra da cortina. Enquanto isso, os malfeitores... Furioso, com um ímpeto que nada nem ninguém poderia deter, girei a chave, abri a porta, passei pela antessala, abri a outra porta e corri para a biblioteca. Parei perplexo sob o umbral da porta, ofegante, atordoado, ainda mais atônito do que ficara ao descobrir que não havia ninguém atrás da cortina. Todos os objetos que supus terem sido roubados – mobílias, livros, quadros, tapeçarias antigas – estavam em seus respectivos lugares.

Incrível. Não podia acreditar em meus olhos, mesmo com aquele rebuliço, os ruídos de objetos sendo removidos... Passeei pelo aposento, inspecionei as paredes, fiz um registro mental de todos os itens. Nada estava faltando. O mais desconcertante era que não havia pistas dos intrusos, nenhum sinal, nem mesmo uma cadeira arrastada ou o vestígio de uma pegada.

– Meu Deus! – disse a mim mesmo, pressionando as mãos contra minha cabeça perplexa. – Não estou louco, isso é certo! Eu ouvi alguma coisa!

Centímetro por centímetro, examinei cuidadosamente a biblioteca. Em vão. A não ser que pudesse considerar o seguinte como uma descoberta: sob um pequeno tapete persa, encontrei uma carta de baralho – uma carta de baralho comum. Era um sete de copas idêntico a qualquer outro sete de copas nos baralhos franceses, com uma leve e curiosa exceção: a ponta de cada uma dos sete corações apresentava uma pequena perfuração redonda e precisa, como se feitas com um furador de papel.

Nada mais. Uma carta e uma mensagem encontrada em um livro. Não eram suficientes para confirmar que não se tratava de um sonho pregando-me peças?

°°°°°

Ao longo do dia, continuei a busca pela biblioteca. Era uma sala grande, até demais para as necessidades de uma casa como a minha, e a decoração atestava as predileções bizarras de seu construtor. O chão consistia de um mosaico de pedras multicoloridas que formavam vastos padrões simétricos. As paredes eram revestidas por um padrão similar, organizada em painéis com representações de Pompeia, composições bizantinas e afrescos da Idade Média. Baco montado em um barril. Um imperador com uma barba esvoaçante usando uma coroa de ouro, segurando uma espada na mão direita.

Bem no alto, seguindo o estilo do estúdio de um artista, ficava uma janela ampla – a única da biblioteca. Ela sempre ficava aberta à noite, então era provável que os sujeitos tivessem entrado por ela com uma escada. Ainda assim, não havia evidências. Os pés da escada teriam deixado marcas na terra fofa sob a janela, do lado externo, e não havia nenhuma. Nem vestígios de pegadas em qualquer parte do pátio.

Eu não pretendia comunicar à polícia, já que os fatos que tinha diante de mim eram absurdos e inconsistentes.

Ririam de mim. Contudo, como eu era jornalista no *Gil Blas*, escrevi um relato extenso da minha aventura e publiquei-o no jornal dois dias depois. O artigo atraiu certa atenção, mas ninguém o levou a sério. Pensaram tratar-se de ficção em vez de realidade. Os Saint-Martins zombaram de mim. Mas Daspry, que se interessava por assuntos do tipo, veio me visitar, tentou entender o caso, mas não chegou a conclusão alguma.

Dias depois, pela manhã, a campainha tocou e Antoine me informou que um cavalheiro desejava me ver. Não havia fornecido um nome. Pedi que Antoine o deixasse entrar. Era um sujeito de uns quarenta anos com um semblante bastante sombrio e feições vívidas, e cujo traje apropriado, embora ligeiramente puído, mostrava um gosto que contrastava com seus trejeitos um tanto vulgares. Sem demora, ele falou. Sua voz era bruta, o que confirmava minha suspeita em relação à sua posição social.

– *Monsieur*, eu estava em uma cafeteria, peguei uma cópia do *Gil Blas* e li sua matéria. Fiquei bastante interessado.

– Obrigado.

– E aqui estou eu.

– Certo…

– Para conversar com você. Todos os fatos relatados pelo senhor estão corretos?

– Absolutamente.

– Bom, neste caso, talvez eu possa lhe dar uma informação.

– Certo. Prossiga.

– Não, ainda não. Primeiro, preciso ter certeza de que os fatos são exatamente como os relatou.

– Dou-lhe minha palavra. Que outra prova você precisa?

– Tenho que ficar sozinho nesta biblioteca.

– Não compreendo – falei, surpreso.

– Ocorreu-me algo enquanto lia seu artigo. Certos detalhes demonstram uma coincidência extraordinária com outro caso do qual estou ciente. Se estiver enganado, ficarei quieto. Mas o único meio de saber a verdade é permanecendo sozinho neste cômodo.

Qual era o objetivo daquela proposta? Mais tarde, recordei que o sujeito estava extremamente nervoso, mas, ainda que eu estivesse um pouco perplexo, não identifiquei nada de anormal no homem ou no pedido. Além do mais, minha curiosidade havia sido instigada.

– Muito bem – falei. – De quanto tempo precisa?

– Ah, uns três minutos. Não mais do que isso. Daqui a três minutos me juntarei a você.

Deixei o quarto e desci as escadas. Peguei meu relógio. Passou-se um minuto. Dois. Por que me sentia tão deprimido? Por que tais momentos pareciam tão solenes e estranhos? Dois minutos e meio… Dois minutos e quarenta e cinco.

Um tiro.

Subi correndo as escadas e entrei no quarto. Dei um grito, horrorizado. No meio do quarto, o homem estava caído, virado para a esquerda e imóvel. Sangue fluía de uma ferida em sua testa. Perto de sua mão, um revólver ainda fumegava.

Contudo, além da cena assustadora, minha atenção foi atraída para outro objeto. A menos de um metro do corpo, no chão, vi uma carta de baralho. Um sete de copas. Peguei-a. A extremidade inferior de cada um dos sete corações continha um pequeno furo.

Meia hora depois, o delegado de polícia chegou. Em seguida, o médico-legista e o inspetor-geral da Sûreté, o sr. Dudouis. Eu tomara o cuidado de não tocar no corpo. A investigação preliminar foi bastante curta e nada revelou. Não havia documentos no bolso do falecido. Nenhum nome nas roupas, nenhuma inicial costurada no tecido. Nada que indicasse qualquer pista sobre a sua identidade. A biblioteca estava na mesma arrumação perfeita de antes. A mobília não fora mexida. Contudo, aquele homem não viera à minha casa apenas para se matar ou porque a considerava o lugar mais conveniente para um suicídio. Devia ter havido um motivo para o ato desesperado que, sem dúvidas, era resultado de algum novo fato constatado pelo sujeito nos três minutos em que ficou sozinho.

Qual seria? O que o homem vira? Que segredo aterrador descobrira? Não havia respostas. Contudo, ocorreu algo que parecia ter considerável importância no caso. Enquanto dois policiais removiam o corpo para colocá-lo em uma maca, um cartão amassado caiu da mão esquerda do cadáver. Continha as seguintes palavras:

Georges Andermatt. Rue de Berry, 37.

O que significava aquilo? Georges Andermatt era um banqueiro rico de Paris, fundador e presidente da Comptoir, a bolsa que dera bastante impulso à indústria de metais da França. Ele vivia de maneira principesca, possuía inúmeros automóveis, carruagens e um valioso jóquei-clube.

Seus relacionamentos eram bastante seletos e a sra. Andermatt era famosa por sua elegância e beleza.

– Será que é o nome do falecido? – perguntei.

O inspetor-geral da Sûreté curvou-se sobre o corpo.

– Não é ele. O sr. Andermatt é um homem magro e ligeiramente grisalho.

– Mas por que este cartão?

– Tem um telefone, *monsieur*?

– Sim, no átrio. Venha comigo.

Ele verificou a lista e solicitou à telefonista o número: quatro, um, cinco, dois, um.

– O sr. Andermatt está em casa? Por favor, diga-lhe que o sr. Dudouis gostaria que ele comparecesse no Boulevard Maillot, número cento e dois, para tratar de assuntos importantes.

Vinte minutos depois, o sr. Andermatt chegou em seu carro. Após as circunstâncias lhe terem sido explicadas, levaram-no para ver o cadáver. Demonstrou bastante emoção e falou, em um tom baixo de voz, sem se controlar.

– Étienne Varin…

– O senhor o conhece?

– Não… Quer dizer… Sim. De vista. O irmão dele…

– Ah! Ele tem um irmão?

– Sim. Alfred Varin. Ele me fez uma visita de negócios uma vez… Esqueci qual era o assunto.

– Onde ele mora?

– Os dois irmãos moravam juntos na Rue de Provence, eu acho.

– Saberia dizer qualquer motivo pelo qual ele poderia ter cometido suicídio?

– Nenhum.

– Ele tinha um cartão na mão: o seu, com o seu endereço.

– Não entendo. Devia estar lá por acaso, por algum motivo que será revelado durante a investigação.

Um acaso bem esquisito, pensei, e senti que os outros tiveram a mesma impressão.

Nos jornais do dia seguinte, descobri que o público compartilhava da mesma opinião, além de todos os meus amigos com quem discuti o caso. Após a dupla descoberta das cartas de sete de copas com sete buracos e após os dois eventos inexplicáveis que aconteceram em minha casa, o cartão de visitas era uma luz em meio aos mistérios que envolviam o caso. Prometia mostrar um caminho para resolvê-lo. Com ele, a verdade podia vir à tona. Contudo, contrário às nossas expectativas, o sr. Andermatt não forneceu quaisquer explicações.

– Eu disse tudo que sei – afirmou ele. – O que mais posso fazer? Estou muito surpreso que meu cartão tenha sido encontrado neste local, e sinceramente espero que isso seja esclarecido.

Não foi. A investigação oficial concluiu que os irmãos Varin eram suíços e levavam uma vida inconstante utilizando diversos nomes, frequentando casas de aposta, além de terem se associado a um grupo de estrangeiros que foi desbaratado pela polícia após uma série de roubos. A participação de ambos só foi confirmada após estarem foragidos. Na Rue de Provence, vinte e quatro, onde os irmãos Varin moraram por seis anos, ninguém sabia nada sobre os dois.

Confesso que, da minha parte, o caso parecia tão complicado e misterioso que eu não achava que seria solucionado.

Decidi não perder mais tempo. Mas Jean Daspry, que me encontrava com frequência na época, tornou-se cada vez mais interessado no assunto. Foi ele quem me mostrou a seguinte nota de um jornal estrangeiro, reproduzida e comentada por toda a imprensa:

> *O primeiro teste de um novo modelo de submarino, cuja expectativa é que revolucione as batalhas navais, será feito na presença do ex-imperador. O lugar será mantido em segredo até o último minuto. Fontes revelaram o nome da embarcação: "Sete de Copas".*

O sete de copas! Apresentava-se ali uma nova questão. Seria possível estabelecer uma conexão entre o nome do submarino e os incidentes nos quais eu estava envolvido? Mas que tipo de conexão seria essa? O que acontecera em minha casa não parecia ter qualquer ligação plausível com o submarino.

– O que você sabe sobre o caso? – perguntou Daspry para mim. – Os mais variados efeitos normalmente partem de uma mesma causa.

Dois dias depois, a seguinte nota de um jornal estrangeiro foi publicada:

Acredita-se que os planos para o novo submarino, o Sete de Copas, *foram elaborados por engenheiros franceses que, após buscar em vão o apoio de seus compatriotas, decidiram negociar com o almirantado britânico, também sem sucesso.*

Não gostaria de dar publicidade indevida para assuntos delicados que um dia causaram um entusiasmo considerável do público. Ainda assim, como todos os riscos relacionados já passaram, devo falar do artigo que apareceu no *Echo de France*. Provocou muitos comentários na época e revelou bastante sobre o mistério do sete de copas. Segue o artigo, exatamente como publicado, com a assinatura "Salvator":

O CASO DO SETE DE COPAS
Uma ponta do véu foi levantada.

Seremos breves. Há dez anos, um jovem engenheiro de minas, Louis Lacombe, desejando dedicar seu tempo e recursos a certas pesquisas, exonerou-se de sua posição e alugou uma pequena casa no Boulevard Maillot, 102. Ela fora recentemente construída e decorada por um conde italiano. Por intermédio dos irmãos Varin de Lausanne, um deles auxiliando nos experimentos preliminares e o outro atuando como agente financeiro, o jovem engenheiro foi apresentado a Georges Andermatt, fundador da Comptoir.

Após várias entrevistas, Louis Lacombe conseguiu chamar a atenção do banqueiro para um submarino no qual estava trabalhando. Acordaram que assim que a invenção estivesse aperfeiçoada, o sr. Andermatt usaria sua influência com o Ministro da Marinha a fim de executar uma série de testes sob a direção do governo. Por dois anos, Louis Lacombe frequentou a casa de Andermatt e apresentou ao banqueiro as várias melhorias que fizera no projeto inicial. Certo dia, satisfeito com a perfeição de seu trabalho, pediu que o sr. Andermatt in-

formasse o Ministro da Marinha. Naquele dia, Louis Lacombe jantou na casa do sr. Andermatt. Partiu cerca de onze e meia da noite e nunca mais foi visto.

Uma análise dos jornais da época mostra que a família do jovem efetuou todas as possíveis investigações para descobrir seu paradeiro, mas não obteve sucesso. Era da opinião geral que Louis Lacombe – conhecido como um jovem inventivo e visionário – partira para algum lugar desconhecido.

Vamos considerar essa teoria como verdade – por mais improvável que seja – e nos indagar uma outra questão, mais importante para o nosso país: o que aconteceu com os planos do submarino? Louis Lacombe os levou embora? Foram destruídos?

Após investigação minuciosa, somos capazes de afirmar que os planos ainda existem e estão em posse dos dois irmãos Varin. E como eles o conseguiram? A resposta ainda não foi determinada, e também não sabemos por que não tentaram vendê-los antes. Será que temiam ser questionados quanto ao direito que tinham de possuí-los? Se era este o caso, os dois agora perderam o medo. Podemos anunciar, com confiança, que os planos de Louis Lacombe estão em posse de outra nação. Estamos em posição de divulgar também a correspondência trocada entre os irmãos Varin e o representante dessa nação. O Sete de Copas, inventado por Louis Lacombe, foi construído por nosso vizinho.

Seria a invenção capaz de cumprir as expectativas dos envolvidos em tal ato de traição?

Um trecho ao fim da notícia acrescentava:

> *Atualizações de última hora. Nosso corresponden-te especial nos informa que o teste preliminar do Sete de Copas não foi satisfatório. É bastante provável que os planos vendidos e entregues pelos irmãos Varin não incluam o documento final apresentado por Louis Lacombe ao sr. Andermatt no dia de seu sumiço. Tal documento era indispensável para um entendimento detalhado da invenção. Continha um sumário com as conclusões finais do inventor, além de estimativas e valores que não estavam inclusos em outros docu-mentos. Sem ele, os planos estão incompletos. Por ou-tro lado, sem os planos, tais documentos são inúteis.*
>
> *Chega a hora de agir e recuperar o que a nós perten-ce. Pode ser uma empreitada complexa, mas confiamos na assistência do sr. Andermatt. Será de seu interesse explicar sua conduta, que até o presente momento se mostrou estranha e evasiva. Ele terá de explicar não apenas o motivo de ter escondido tais fatos na época do suicídio de Étienne Varin, mas também por que nunca revelou o desaparecimento do documento — um fato do qual está bem ciente. Terá de explicar por que, durante os últimos seis anos, pagou espiões para ob-servar os irmãos Varin. Esperamos dele não apenas palavras, mas atitudes. E céleres. Caso contrário...*

A ameaça estava abertamente publicada. Mas do que ela consistia? Que corda era essa que Salvator, o escritor anôni-mo do artigo, segurava ao redor do pescoço do sr. Andermatt?

Um exército de jornalistas atacou o banqueiro, e dez entrevistadores relataram a forma desdenhosa como foram tratados. Em seguida, o *Echo de France* anunciou sua posição com as seguintes palavras:

> *Quer o sr. Andermatt queira ou não, ele será o nosso colaborador no trabalho que iniciamos.*

○○○○○

Daspry e eu jantávamos juntos no dia que a matéria foi publicada. Naquela noite, com os jornais espalhados pela minha mesa, discutimos o caso e o analisamos sob todo ponto de vista possível, com a mesma irritação das pessoas que andam pelo escuro e tropeçam várias vezes nos mesmos obstáculos. De repente, sem qualquer aviso, a porta se abriu e uma senhora entrou. Sua face estava oculta por um véu espesso. Levantei-me e fui até ela.

– É você, *monsieur*, que mora aqui? – disse ela.

– Sim, madame, mas não entendo como você…

– A porta estava destrancada – disse ela.

– Mas a porta do átrio?

Ela não respondeu, e me ocorreu que ela usara a entrada dos criados. Como sabia o caminho? Um silêncio um tanto constrangedor se seguiu. Ela olhou para Daspry, e fui forçado a apresentá-lo. Pedi que se sentasse e explicasse o objetivo de sua visita. Ela levantou o véu e vi que era morena e atraente, com feições simples, ainda que não fosse bela – principalmente devido ao olhar sombrio e triste.

– Eu me chamo sra. Andermatt – revelou ela.

– Sra. Andermatt! – repeti, perplexo.

Após uma breve pausa, ela prosseguiu com voz e trejeitos bastante fluidos e naturais.

– Vim visitá-lo para falar daquele caso… Você sabe. Pensei que pudesse obter alguma informação…

– *Mon Dieu*, madame, não sei nada além do que já foi publicado nos jornais. Mas se a senhora explicar de que forma posso ajudá-la…

– Eu não sei… Não sei…

Só naquele momento suspeitei que seu comportamento calmo era fingido, e que alguma forte aflição estava disfarçada por trás daquele aspecto de tranquilidade. Por um instante, permanecemos em silêncio e também constrangidos.

– A senhora me permite fazer algumas perguntas? – indagou Daspry, dando um passo adiante.

– Sim, sim… – disse ela, chorosa. – Eu respondo.

– Você responderá… questões de qualquer natureza?

– Sim.

– Você conhecia Louis Lacombe? – perguntou Daspry.

– Sim, por meio do meu marido.

– Quando o viu da última vez?

– Na noite em que jantou conosco.

– Naquela ocasião, havia algo que a levasse a crer que nunca mais o veria?

– Não. Mas ele mencionara uma viagem para a Rússia… de um modo vago.

– Então, esperava vê-lo novamente?

– Sim. Ele iria jantar conosco dois dias depois.

– Como explica seu desaparecimento?

– Não consigo explicar.

– E o sr. Andermatt?

– Não sei.

– Mas o artigo publicado no *Echo de France* diz que…

– Sim, que os irmãos Varin tinham algo a ver com o desaparecimento.

– Compartilha da mesma opinião?

– Sim.

– E em que baseia sua opinião?

– Quando ele saiu da nossa casa, Louis Lacombe levava uma bolsa com todos os documentos de sua invenção. Dois dias depois, meu marido, conversando com um dos irmãos Varin, descobriu que os documentos estavam em posse deles.

– E ele não os denunciou?

– Não.

– Por que não?

– Porque havia algo mais na bolsa… Algo além dos documentos de Louis Lacombe.

– O que era?

Ela hesitou. Estava prestes a falar, mas ficou em silêncio. Daspry continuou.

– Presumo que seja por isso que seu marido vigiou os irmãos em vez de informar a polícia. Ele queria recuperar os documentos e, ao mesmo tempo, esse objeto comprometedor que permitia aos dois irmãos que mantivessem ameaças e chantagens contra ele.

– Contra ele e contra mim.

– Ah! Você também?

– Queriam me expor, em particular.

Ela soltou as últimas palavras com uma voz enfraquecida. Daspry a observou, caminhando de um lado para o outro. Então, virou-se para ela.

– Você escreveu cartas para Louis Lacombe? – disse ele.

– Claro. Meu marido tratava de negócios com ele…

– Além das cartas de negócios, você escreveu para Louis Lacombe… outros tipos de carta? Peço perdão pela minha insistência, mas é absolutamente necessário descobrir a verdade. Você escreveu outras cartas?

– Sim – disse ela, corando.

– E essas cartas chegaram às mãos dos irmãos Varin?

– Sim.

– O sr. Andermatt sabe disso?

– Ele não as viu, mas Alfred Varin lhe contou a respeito da existência delas e ameaçou publicá-las se meu marido tomasse qualquer providência contra ele. Meu marido estava com medo… de um escândalo.

– E ele tentou recuperar as cartas?

– Acredito que sim, mas não sei. Veja bem… Após a última entrevista com Alfred Varin e algumas brigas com meu marido, nas quais ele me forçou a me responsabilizar pelos meus erros… Bem, depois disso, passamos a conviver como estranhos.

– Nesse caso, já que não tem nada a perder, qual é o seu medo?

– Posso ser indiferente para ele agora, mas sou a mulher que ele amou, que ele ainda amaria… Tenho certeza disso – ela murmurou, com uma voz fervorosa. – Ele ainda me amaria se não tivesse pegado aquelas malditas cartas…

– Oras! Ele conseguiu? Mas os dois irmãos ainda o chantageavam?

– Sim, e se gabavam de ter um esconderijo seguro.

– E então?

– Acredito que meu marido descobriu o esconderijo.

– Ah! E onde fica?

– Aqui.

– Aqui! – gritei, efusivo.

– Sim. Eu suspeitava. Louis Lacombe era muito perspicaz e se divertia nas horas vagas inventando cofres e fechaduras. Sem dúvida, os irmãos Varin sabiam disso e utilizaram um dos cofres de Lacombe para esconder as cartas… e outras coisas, talvez.

– Mas eles não moravam aqui – falei.

– Antes de você vir para cá, há quatro meses, a casa ficou vaga por um tempo. Eles podem ter pensado que a sua presença não interferiria em nada quando quisessem buscar os documentos. Mas não esperavam meu marido, que veio aqui na noite de 22 de junho, forçou o cofre, pegou o que estava querendo e deixou seu cartão para informar aos dois irmãos que não mais os temia, e que suas posições agora estavam invertidas. Passados dois dias, após ler o artigo no *Gil Blas*, Étienne Varin veio aqui, ficou sozinho neste aposento, encontrou o cofre vazio e… se matou.

– Uma teoria bastante simples – inferiu Daspry, após alguns segundos. – O sr. Andermatt falou com você desde então?

– Não.

– A atitude dele perante a senhora mudou de alguma forma? Ele parece mais tristonho, mais ansioso?

– Não, não notei mudanças.

– E ainda assim você acha que ele conseguiu as cartas. Em minha opinião ele não pegou as cartas, e não foi ele quem veio aqui na noite de 22 de junho.

– Quem foi, então?

– O misterioso indivíduo que está controlando esse caso, que tem todos os cordéis da marionete em suas mãos, e cujo poder invisível e de longo alcance temos sentido desde o princípio. Foram ele e seus comparsas que entraram nesta casa em vinte e dois de junho. Foi ele quem descobriu o esconderijo dos documentos e quem deixou o cartão de sr. Andermatt. E é ele que agora tem a correspondência e a evidência de traição dos irmãos Varin.

– Quem é ele? – perguntei, impaciente.

– O homem que escreve cartas para o *Echo de France*… Salvator! Já não temos evidência suficiente para afirmar isso? Ele mesmo menciona em suas cartas certos detalhes que ninguém mais poderia saber, exceto o homem que descobriu os segredos dos dois irmãos.

– Bem, então – gaguejou a sra. Andermatt, assustada –, ele também tem minhas cartas. E é ele quem ameaça meu marido agora. *Mon Dieu!* O que vou fazer?

– Escreva para ele – sugeriu Daspry. – Abra-se com ele. Diga tudo que sabe e tudo que pode vir a saber. Seu interesse e o interesse dele são os mesmos. Ele não está trabalhando contra o sr. Andermatt, mas contra Alfred Varin. Ajude-o.

– Como?

– Seu marido tem o documento que complementa os planos de Louis Lacombe?

– Sim.

– Conte para Salvator e, se possível, arranje-lhe o documento. Escreva para ele o mais breve possível. Você não corre risco algum.

O conselho era ousado e perigoso à primeira vista, mas a sra. Andermatt não tinha escolha. Além do mais, como

Daspry dissera, ela não corria risco. Se o remetente desconhecido fosse um inimigo, aquela atitude não agravaria a situação. Se fosse um estranho atrás de um propósito particular, ele consideraria que as cartas teriam uma importância secundária. O que quer que acontecesse, era a única solução que a sra. Andermatt tinha, e ela, ansiosa, ficou ávida para agir. Agradeceu-nos efusivamente e prometeu nos manter informados.

De fato, dois dias depois, ela nos enviou a seguinte carta que recebera de Salvator:

> *Não encontrei as cartas, mas vou encontrá-las. Fique tranquila. Eu vejo tudo.*
>
> *S.*

Analisei a carta. Era redigida com a mesma letra que da mensagem que eu encontrara no meu livro na noite de vinte e dois de junho.

Daspry estava certo. Salvator era, de fato, a mente por trás do caso.

ooooo

Estávamos começando a ver uma luz no fim do túnel que nos cercava, e outras questões também começaram a ser esclarecidas. Outras, contudo, permaneciam no escuro. Por exemplo, a descoberta das duas cartas de baralho. Talvez eu estivesse desnecessariamente preocupado com as duas cartas com os sete pontos perfurados. Ainda assim, não podia deixar de questionar. Qual seria o papel delas no drama? Qual a sua importância? Que conclusão era possível tirar do fato de que o submarino construído com os planos de Louis Lacombe tinha o mesmo nome: "sete de copas"?

Daspry não se importou muito com as duas cartas. Dedicou sua atenção a outro problema que considerava mais urgente: encontrar o tal esconderijo.

– E quem sabe – disse ele – não encontro as cartas que Salvator não achou? Por não saber delas, talvez. É improvável que os irmãos Varin tenham removido do lugar essa arma tão valiosa para os dois.

E continuou a busca. Em pouco tempo, o grande aposento não tinha mais segredos para Daspry, então ele prosseguiu com a investigação em outros cômodos. Perscrutou o interior e o exterior da casa, as pedras da fundação, os tijolos nas paredes. Levantou até as telhas.

Certo dia, Daspry chegou com uma picareta e uma pá. Entregou-me a última, ficou com a primeira e apontou para os terrenos baldios ao redor da casa.

– Venha – disse.

Eu o segui, mas sem o mesmo entusiasmo. Daspry dividiu os terrenos baldios em várias seções e as examinou. Em um canto, no ângulo entre os muros de duas propriedades vizinhas, uma pequena pilha de terra e cascalho coberta com um matagal chamou sua atenção. Ele enfiou a picareta nessa parte. Fui obrigado a ajudá-lo. Trabalhamos sem sucesso por uma hora sob um sol escaldante. Eu estava desencorajado, mas Daspry me impelia a continuar. Sua força de vontade continuava a mesma.

Por fim, a picareta de Daspry escavou alguns ossos – restos de um esqueleto com farrapos ainda pendurados. Fiquei lívido. Descobri, remexendo na terra, um pedacinho de ferro cortado em forma de retângulo, no qual tive a impressão de ver pontos vermelhos. Curvei-me e o apanhei. A plaquinha de metal era do exato tamanho de uma carta de baralho e os pontos vermelhos, feitos de chumbo, estavam distribuídos da mesma forma que um sete de copas. Cada ponto estava furado com um buraco redondo similar às perfurações que eu encontrara nas duas cartas.

– Escute, Daspry… Pra mim já deu. Pode prosseguir, se isso lhe interessa. Estou indo embora.

Aquelas palavras eram resultado do meu estado enervado? Ou do trabalho pesado sob o sol? Sei que tremi enquanto me afastava, e que fui para a cama, onde permaneci por quarenta e oito horas, exausto e febril, assombrado por esqueletos que dançavam ao meu redor e arremessavam seu coração sanguinolento no meu rosto.

Daspry era um amigo fiel. Vinha me visitar todos os dias e permanecia lá por três ou quatro horas, as quais passava na grande sala da biblioteca, esquadrinhando, cutucando e fuçando.

– As cartas estão neste cômodo – dizia ele, de tempos em tempos. – Estão aqui. Apostaria minha vida nisso.

Na manhã do terceiro dia, me levantei – ainda prostrado, mas curado. Um café da manhã caprichado melhorou o meu ânimo. Mas uma carta que recebi naquela tarde contribuiu, acima de qualquer coisa, para a minha completa recuperação. Despertou em mim uma curiosidade intensa.

> *Monsieur,*
> *O drama cujo primeiro ato se desenrolou na noite de 22 de junho aproxima-se do desfecho. As circunstâncias*

me obrigam a colocar os dois principais atores do drama frente a frente. Gostaria que tal encontro acontecesse em sua residência, se puder fazer a gentileza de me emprestá-la esta noite, entre nove e onze horas. Aconselho a conceder uma licença ao seu criado durante a noite. Também agradecerei se fizer a cortesia de deixar o jardim aberto para os dois adversários. Você deve se recordar de que tomei bastante cuidado com a sua propriedade quando a visitei na noite de 22 de junho. Sinto que estaria sendo injusto se duvidasse de sua discrição absoluta sobre este pedido.

Cordialmente,
Salvator

Fiquei maravilhado com o tom burlesco da carta, além da excentricidade do pedido. Havia uma elegante demonstração de confiança e sinceridade na forma de se expressar, e nada no mundo me induziria a ser ingrato e trair a confiança de Salvator.

Dei ao meu criado um ingresso para o teatro, e ele partiu às oito horas. Minutos depois, Daspry chegou. Mostrei-lhe a carta.

– E então? – perguntou ele.

– Bem, deixei o portão do jardim destrancado, então qualquer um pode entrar.

– E você… Você vai sair?

– De forma alguma. Pretendo ficar aqui.

– Mas ele pediu que você…

– Mas não vou. Serei discreto, mas estou decidido a ver o que vai acontecer.

– *Ma foi!* – exclamou Daspry, rindo. – Você está certo. Vou ficar com você. Não quero perder nada.

Fomos interrompidos pelo som da campainha.

– Já? – disse Daspry. – Vinte minutos adiantado! Incrível!

Fui até a porta e convidei o visitante a entrar. Era a sra. Andermatt. Estava cansada e nervosa.

– Meu marido… – ela gaguejou. – Ele está chegando. Tem um encontro… Querem dar as cartas a ele…

– Como sabe? – perguntei.

– Por acaso. Chegou uma mensagem ao meu marido enquanto jantávamos. O criado a entregou a mim por engano. Meu marido a tomou rápido, mas era tarde demais. Eu já havia lido.

– Você leu?

– Sim. Dizia algo como: "Às nove horas desta noite, esteja no Boulevard Maillot com os documentos relacionados ao caso. Em troca, as cartas". Então, depois do jantar, me apressei a vir até aqui.

– Sem o seu marido saber?

– Sim.

– O que acha disso tudo? – perguntou Daspry, virando-se para mim.

– O mesmo que você: que o sr. Andermatt é um dos convidados.

– Sim, mas por quê?

– É isso que vamos descobrir.

Levei-os para a biblioteca. Nós três conseguíamos nos esconder apertados atrás da cortina de veludo da lareira e observar tudo que aconteceria lá. Sentamo-nos, com a sra. Andermatt no meio.

O relógio badalou nove horas. Alguns minutos depois, as dobradiças do portão do jardim rangeram. Confesso que estava bastante inquieto. Em pouco tempo, descobriria a solução para o mistério. Os eventos estarrecedores das semanas anteriores estavam prestes a ser explicados e, diante dos meus olhos, seria travada a última batalha. Daspry pegou a mão de a sra. Andermatt.

– Não diga nada e não se mova – pediu ele. – O que quer que escute ou veja, fique quieta.

Alguém entrou. Alfred Varin. Reconheci-o de imediato, já que tinha uma clara semelhança com seu irmão, Étienne: o mesmo jeito relaxado de caminhar, o mesmo rosto cadavérico coberto com uma barba negra.

Entrou com o aspecto nervoso de um homem acostumado a temer a presença de armadilhas e emboscadas, capaz de farejá-las no ar e evitá-las. Deu olhadelas pelo cômodo e tive a impressão de que a lareira coberta com a cortina de veludo não o agradou. Deu três passos em nossa direção quando algo o fez virar-se e andar até o rei de mosaico com sua barba esvoaçante e sua espada extravagante. Varin o examinou de perto, subindo em uma cadeira e passando os dedos pelo contorno dos ombros e da cabeça do rei, parando em algumas regiões do rosto. De repente, saltou da cadeira e se afastou do mosaico. Escutara o som de passos. O sr. Andermatt apareceu na porta.

– Você! – vociferou o banqueiro. – Foi você que me trouxe até aqui?

– Eu? De forma alguma – protestou Varin com uma voz áspera e esnobe que me fez recordar de seu irmão. – Pelo contrário, foi a sua carta que me trouxe aqui.

– Minha carta?

– Uma carta assinada por você, na qual oferecia…

– Nunca escrevi para você – declarou o sr. Andermatt.

– Você não escreveu para mim?

Instintivamente, Varin se alarmou, não por causa do banqueiro, mas do inimigo desconhecido que o atraíra para a armadilha. Pela segunda vez, olhou em nossa direção, depois caminhou até a porta. O sr. Andermatt impediu sua passagem.

– Espere. Aonde vai, Varin?

– Há algo de que não estou gostando nesta história. Estou indo para casa. Boa noite.

– Um momento!

– Não é necessário, sr. Andermatt. Não tenho nada a dizer para você.

– Mas eu tenho algo a dizer para você e é uma boa hora para tal.

– Deixe-me passar.

– Não, não vai passar.

Varin encolheu-se diante da atitude resoluta do banqueiro.

– Bem… – murmurou. – Então, seja breve.

Uma coisa me surpreendia, e não tinha dúvidas que meus dois companheiros tinham a mesma sensação. Por que Salvator não estava lá? Não seria ele uma parte necessária no encontro? Ou ele estava satisfeito em deixar os dois adversários brigarem entre si? De qualquer forma, sua ausência era uma grande frustração, embora não diminuísse o drama da situação.

Após alguns segundos, o sr. Andermatt se aproximou de Varin e, cara a cara, olho no olho, disse:

– Agora, depois de todos esses anos e quando você não tem mais nada a temer, você pode me responder com sinceridade: o que fez com Louis Lacombe?

– Que pergunta! Como se eu soubesse algo sobre ele!

– Você sabe! Você e seu irmão andavam sempre com ele, praticamente moravam com ele nesta mesma casa. Você conhecia tudo sobre seus planos e seu trabalho. E na última noite que vi Louis Lacombe, quando me despedi dele na minha casa, vi dois homens se esgueirando pelas sombras das árvores. Posso jurar.

– E o que isso tem a ver comigo?

– Os dois homens eram você e seu irmão.

– Prove.

– A melhor prova é que, dois dias depois, você mesmo me mostrou os documentos e os planos que pertenciam a Lacombe e se ofereceu para vendê-los. Como esses documentos chegaram até você?

– Já lhe contei, sr. Andermatt, que os encontramos na mesa de Louis Lacombe na manhã após o seu desaparecimento.

– Mentira!

– Prove.

– A lei irá provar.

– Por que não recorreu a ela?

– Por quê? Ah! Porque… – o banqueiro gaguejou, ligeiramente tomado pela emoção.

– O senhor sabe muito bem, *monsieur* Andermatt, que se tivesse a mais ínfima certeza de nossa culpa, nossa leve ameaça não o teria impedido de acionar a lei.

– Que ameaça? Aquelas cartas? Você acha que algum dia me importei com aquelas cartas?

– Se não se importou com as cartas, por que me ofereceu milhares de francos para devolvê-las? E por que seguiu a mim e meu irmão como se estivesse caçando animais selvagens?

– Para reaver os planos.

– Que absurdo! Você queria as cartas. Você sabia que tão logo as tivesse, poderia nos denunciar. Ah! Jamais eu me separaria delas!

Ele riu com vontade, mas parou de repente.

– Bom, chega disso! – disse. – Só estamos remoendo um caso antigo. Não estamos progredindo. Melhor deixas as coisas como estão.

– Não vamos deixar as coisas como estão – disse o banqueiro –, e já que se referiu às cartas, devo lhe informar que não deixará esta casa sem me entregá-las.

– Partirei quando quiser.

– Não vai.

– Cuidado, sr. Andermatt. Estou lhe avisando…

– Já disse. Você não vai embora.

– Veremos – vociferou Varin, com tanta fúria que a sra. Andermatt não conseguiu suprimir um gritinho de medo. Varin devia ter ouvido porque tentou forçar a saída. O sr. Andermatt o empurrou de volta. Então, Varin enfiou a mão no bolso do paletó.

– Pela última vez, deixe-me ir – implorou Varin.

– As cartas primeiro!

Varin puxou um revólver e o apontou para o sr. Andermatt.

– Sim ou não? – disse.

O banqueiro curvou-se rapidamente. Um tiro soou. A arma caiu da mão de Varin. Eu estava desnorteado. O tiro foi disparado de perto de mim. Daspry atirara em Varin e derrubara seu revólver. Daspry postou-se entre os dois homens, encarando Varin.

– Teve sorte, meu camarada – disse ele, com um olhar zombeteiro. – Muita sorte. Atirei na sua mão e atingi apenas o revólver.

Ambos os homens o encararam, surpresos. Então, Daspry se virou para o banqueiro.

– Perdão, *monsieur* – disse –, por me intrometer em seus negócios, mas o senhor não sabe jogar. Deixe que eu jogo com as cartas.

Virando-se novamente para Varin, Daspry disse:

– É entre nós dois, camarada, e jogue limpo, por favor. Copas são trunfos e eu jogo o sete.

Daspry segurou diante dos olhos embasbacados de Varin a pequena placa de metal marcada com os sete pontos vermelhos. Foi um grande choque para Varin. Com as feições lívidas, olhos esbugalhados e um aspecto de extrema agonia, o homem pareceu hipnotizado com o objeto.

– Quem é você? – disse ele, ofegante.

– Aquele que se intromete nos negócios dos outros até o fim.

– O que você quer?

– O que você trouxe hoje.

– Eu não trouxe nada.

– Sim, trouxe, ou não teria vindo. Esta manhã, recebeu um convite para vir aqui às nove horas e trazer consigo todos os documentos. Você está aqui. Onde estão os documentos?

Os trejeitos e a voz de Daspry possuíam um tom de autoridade que eu não compreendia. Seu jeito normalmente era brando e conciliatório. Derrotado, Varin colocou a mão em um dos bolsos.

– Os documentos estão aqui – disse.

– Todos eles?

– Sim.

– Tudo que pegou de Louis Lacombe e depois vendeu ao major von Lieben?

– Sim.

– São cópias ou originais?

– Originais.

– Quanto quer por elas?

– Cem mil francos.

– Está louco – disse Daspry. – O major só lhe deu vinte mil e foi dinheiro jogado no lixo, já que o submarino foi um fracasso nos testes preliminares.

– Eles não compreenderam os planos.

– Os planos não estão completos.

– Então, por que está me pedindo eles?

– Por que eu quero. Ofereço cinco mil francos e nem um centavo a mais.

– Dez mil. Nem um centavo a menos.

– Aceito – disse Daspry, virando-se para o sr. Andermatt. – *Monsieur*, faça a gentileza de assinar um cheque com a quantia.

– Mas… Eu não tenho…

– Seu talão de cheques? Aqui está.

Estupefato, o sr. Andermatt examinou o talão que Daspry lhe entregara.

– É meu – disse ele. – Como isso aconteceu?

– Sem divagar, *monsieur*, por favor. Só precisa assinar.

O banqueiro pegou sua caneta-tinteiro, preencheu o cheque e o assinou. Varin estendeu a mão.

– Abaixe a mão – disse Daspry. – Há algo mais. – Então, virando-se para o banqueiro: – Você pediu algumas correspondências, certo?

– Sim, um pacote com cartas.

– Onde estão, Varin?

– Não as tenho.

– Onde estão, Varin?

– Eu não sei. Meu irmão que cuidava disso.

– Estão escondidas neste cômodo.

– Nesse caso, você sabe onde elas estão.

– Como poderia saber?

– Não foi você que descobriu o esconderijo? Você parece estar tão bem informado quanto… Salvator.

– As cartas não estão no esconderijo.

– Estão.

– Abra-o.

Varin o encarou, desafiador. Não eram Daspry e Salvator a mesma pessoa? Tudo indicava que sim. Se era esse o caso, Varin não arriscava nada ao revelar um esconderijo já conhecido.

– Abra-o – disse Daspry.

– Eu não tenho o sete de copas.

– Sim, aqui está – disse Daspry, entregando-lhe a placa de metal. Varin se encolheu.

– Não… – resmungou. – Não… Não posso…

– Esqueça – disse Daspry, caminhando até o rei barbado. Subiu em uma cadeira e enfiou o sete de copas na parte inferior da espada, de forma que as bordas da placa coincidiam exatamente com a largura da lâmina. Depois, com a ajuda de um furador, que ele introduziu alternadamente em cada um dos buracos, pressionou sete dos pequenos mosaicos. Quando apertou o sétimo, foi possível escutar um clique. Todo o busto do rei girou, revelando uma grande abertura revestida de aço. Era realmente um cofre antichamas.

– Como pode ver, Varin, o cofre está vazio.

– Estou vendo. Então, meu irmão retirou as cartas.

Daspry desceu da cadeira, aproximou-se de Varin e disse:

– Agora pare de me enrolar. Há outro esconderijo. Onde é?

– Não há nenhum outro.

– É dinheiro que quer? Quanto?

– Dez mil.

– Sr. Andermatt, as cartas valem dez mil francos para você?

– Sim – disse o banqueiro, resoluto.

Varin fechou o cofre, pegou o sete de copas e tornou a inseri-lo na espada, no mesmo local. Pressionou o furador em cada um dos sete buracos. O mesmo clique soou, mas, desta vez, estranhamente, apenas uma porção do cofre girou, revelando um pequeno compartimento construído dentro da porta do maior. Lá estava o pacote com as cartas, amarrados com uma fita e selados. Varin entregou o pacote a Daspry.

– O cheque está pronto, sr. Andermatt? – perguntou Daspry.

– Sim.

– E você também tem o último documento que recebeu de Louis Lacombe, o que completa os planos do submarino?

– Sim.

A troca foi realizada. Daspry colocou o documento e os cheques no bolso e entregou o pacote de cartas ao sr. Andermatt.

– Aqui está o que queria, *monsieur*.

O banqueiro hesitou por um instante, como se estivesse com medo de tocar nas cartas amaldiçoadas que tanto queria. Então, com um gesto brusco, puxou-as. Perto de mim, ouvi um gemido. Apertei a mão da sra. Andermatt. Estava gelada.

– Creio, *monsieur* – disse Daspry ao banqueiro –, que nossos negócios estejam concluídos. Ah! Não precisa agradecer. Foi apenas por acaso que pude lhe fazer esta boa ação. Boa noite.

O sr. Andermatt se retirou. Levou consigo as cartas escritas pela esposa para Louis Lacombe.

– Maravilha! – exclamou Daspry, feliz. – Tudo está se resolvendo. Agora, só temos o nosso pequeno caso, camarada. Está com os documentos.

– Aqui estão eles… Todos.

Daspry os examinou com atenção e os colocou no bolso.

– Muito bem – disse. – Manteve sua palavra.

– Mas…

– Mas o quê?

– E os dois cheques? O dinheiro? – disse Varin, ansioso.

– Nossa, que presunção, meu querido. Como se atreve a pedir isso?

– Estou pedindo apenas o que me é devido.

– Está pedindo dinheiro por devolver documentos que roubou? Não acredito!

Varin ficou extremamente agitado. Tremia de raiva, os olhos vermelhos.

– O dinheiro... – gaguejou. – Os vinte mil...

– Impossível! Eu preciso dele.

– O dinheiro!

– Ei, seja razoável e não fique nervoso. Não vai lhe fazer bem.

Daspry o agarrou pelo braço com tanta força que Varin gritou de dor.

– Agora vá – disse Daspry. – Um ar fresco lhe fará bem. Talvez queira que eu lhe mostre a saída. Ah! Podemos ir juntos até um terreno baldio perto daqui para que eu lhe mostre um montinho de terra com pedras. Debaixo dele...

– É mentira! Mentira!

– Ah, não, é verdade. Aquela plaquinha de metal com os sete pontos vermelhos veio de lá. Louis Lacombe sempre a levava consigo e você a enterrou com o corpo. E com alguns outros objetos que serão bastante pertinentes para um juiz e um júri.

Varin cobriu o rosto com as mãos.

– Tudo bem – resmungou –, você venceu. Não diga mais nada. Mas quero lhe fazer uma pergunta. Gostaria de saber...

– O quê?

– Havia uma pequena urna no cofre maior?

– Sim.

– Ela estava lá na noite de vinte e dois de junho?

– Sim.

– O que tinha nela?

– Tudo que colocaram nela. Uma belíssima coleção de diamantes e pérolas coletadas de vários lugares por uma certa dupla de irmãos.

– E você a pegou?

– Claro que sim. Tenho culpa?

– Entendo… Foi o sumiço daquela urna que fez meu irmão se suicidar.

– Provavelmente. O desaparecimento de sua correspondência não era motivo suficiente. Já o desaparecimento da urna… É tudo que queria me perguntar?

– Mais uma coisa… Qual o seu nome?

– Está perguntando já pensando em vingança.

– *Parbleu*! O jogo pode virar. Hoje, você está com a vantagem. Amanhã…

– Será você.

– Espero que sim. Qual é o seu nome?

– Arsène Lupin.

– Arsène Lupin!

As pernas do homem fraquejaram, como se golpeadas por uma forte pancada. As duas palavras o destituíram de toda esperança.

Daspry riu e falou:

– Ah! Você achou que um sr. Durand ou Dupont seria capaz de lidar com um caso desses? Não, era necessária a destreza e astúcia de Arsène Lupin. E agora que sabe meu nome, vá e prepare a sua vingança. Arsène Lupin estará aguardando.

Empurrou Varin, ainda embasbacado, porta afora.

– Daspry! – gritei, puxando a cortina. Ele correu até mim.

– O que foi? Qual o problema?

– A sra. Andermatt está passando mal.

Ele se apressou até ela e a forçou a inalar alguns sais.

– O que a deixou assim? – Daspry me perguntou enquanto cuidava da jovem.

– As cartas de Louis Lacombe que você entregou ao marido dela.

Daspry bateu na testa.

– Ela achou que eu era capaz disso? – disse. – Bem, claro que ela achou. Que idiota eu sou!

A sra. Andermatt despertou. Daspry tirou do bolso um pequeno pacote similar ao que o sr. Andermatt levara embora.

– Aqui estão suas cartas, madame. Estas são as verdadeiras.

– Mas… e as outras?

– As outras são iguais, mas reescritas e cuidadosamente elaboradas. Seu marido não descobrirá nada questionável nelas e nunca suspeitará da substituição, já que foram tiradas do cofre em sua presença.

– Mas a caligrafia…

– Não existe letra que não possa ser imitada.

Ela lhe agradeceu com as mesmas palavras que poderia ter usado com um homem dentro de seu próprio círculo social. Concluí que ela não presenciara o embate final entre Varin e Arsène Lupin. Mas a revelação me deixara consideravelmente constrangido. Lupin! Meu companheiro de clube era o próprio Arsène Lupin. E eu nunca havia descoberto!

– Pode dar adeus a Jean Daspry – disse ele, bem à vontade.

– Ah!

– Sim, Jean Daspry fará uma longa viagem. Vou enviá-lo ao Marrocos. Lá talvez ele morra de maneira digna. Posso afirmar que é o que ele deseja.

– Mas Arsène Lupin permanecerá?

– Oh! Certamente. Arsène Lupin está apenas no início de sua carreira, e ele deseja...

Eu estava tão curioso a ponto de interrompê-lo e puxá-lo para longe da sra. Andermatt.

– Você mesmo descobriu o cofre menor? O que continha as cartas?

– Sim, após muito sufoco. Encontrei ontem à tarde enquanto você descansava. E ainda assim... Só Deus sabe como acabou sendo simples! Mas as coisas mais simples são aquelas que normalmente deixamos escapar. – Então, exibindo o sete de copas, ele acrescentou: – Acabei deduzindo que, para abrir o cofre maior, essa carta precisava ser colocada na espada do rei de mosaico.

– Como deduziu isso?

– Bem fácil. Com acesso a informações privadas, eu já sabia disso quando vim aqui na noite de vinte e dois de junho...

– Depois de me deixar...

– Sim, após mudar o assunto de nossa conversa para histórias de crime e roubo que certamente o deixariam num estado enervado, incapaz de sair da cama, mas capaz de me deixar completar minha busca sem interrupções.

– O esquema funcionou perfeitamente.

– Bom, eu sabia, ao vir aqui, que havia uma urna escondida em um cofre secreto, e que o sete de copas era a chave para abri-lo. Só precisei colocar a carta no lugar que era obviamente destinado a ela. Uma investigação de uma hora me mostrou onde era.

– Uma hora!

– Observe a figura do mosaico.

– O velho imperador?

– Aquele velho imperador é uma representação exata do rei de copas em todas as cartas de baralho.

– É mesmo. Mas como o sete de copas abre o cofre maior uma vez e depois abre o menor? E por que abriu apenas o maior na primeira vez? Digo, na noite de vinte e dois de junho.

– Por quê? Porque eu sempre colocava o sete de copas do mesmo jeito. Nunca mudava a posição. Mas, ontem, observei que com a carta de cabeça para baixo a posição dos sete pontos no mosaico ficava diferente.

– *Parbleu!*

– *Parbleu*, mesmo! Mas é preciso pensar nessas coisas.

– Há algo mais: você não sabia a história das cartas até a sra. Andermatt…

– Falar delas na minha frente? Não. Porque não encontrei nada no cofre além da urna e da correspondência entre os dois irmãos, revelando a traição dos dois em relação aos planos.

– Então, foi por mero acaso que você acabou investigando a história dos dois irmãos e buscou os planos e documentos relacionados ao submarino?

– Simplesmente por acaso.

– E com qual propósito fez essa busca?

– *Mon Dieu*! – exclamou Daspry, rindo. – Quanta curiosidade!

– Este assunto me fascina.

– Certo… Em breve, voltarei aqui e lhe contarei, logo após escoltar a sra. Andermatt até uma condução e enviar uma nota ao *Echo de France*.

Ele se sentou e escreveu um daqueles artigos curtos e concisos que serviam para entreter e ludibriar o público. Quem não se lembrava da sensação que aquelas palavras causaram no mundo inteiro?

> *Arsène Lupin resolveu a questão recentemente apontada por Salvator. Com posse de todos os documentos e planos originais do engenheiro Louis Lacombe, Arsène Lupin os entregou ao Ministro da Marinha. Também iniciou uma lista de assinaturas com o intuito de angariar interessados e apresentar à nação o primeiro submarino construído com esses planos. Ele mesmo assinou o documento, participando com o valor de vinte mil francos.*

– Vinte mil francos! Os cheques do sr. Andermatt? – arrisquei quando ele meu entregou o papel para ler.

– Exatamente. É justo que Varin se redima de parte de sua traição.

ooooo

Foi assim que conheci Arsène Lupin. Foi assim que fiquei sabendo que Jean Daspry, um membro do meu clube, era o próprio Arsène Lupin, o ladrão de casaca. Assim, criei laços bem fortes de amizade com o célebre criminoso e, graças à confiança com a qual ele me honrava, tornei-me seu gentil e fiel biógrafo.

O COFRE DA SRA. IMBERT

Às três da manhã, havia ainda uma dúzia de automóveis em frente a uma das casinhas que constituem o lado único do Boulevard Berthier. A porta da casa se abriu, e alguns convidados, homens e mulheres, saíram. A maioria entrou em seus respectivos carros e foram rapidamente embora, deixando para trás apenas dois homens, que caminharam pela Rue de Courcelles e logo se despediram, já que um deles morava ali. O outro resolveu voltar a pé até Porte-Maillot. Era uma bela noite de inverno, fria e de ar límpido, em que uma caminhada revitalizante era aceitável e refrescante. Seus passos ecoavam pela rua.

Contudo, após alguns minutos, o homem teve a desagradável impressão de estar sendo seguido. Virando-se, viu um sujeito ocultando-se atrás das árvores. Não era covarde, mas ainda assim achou melhor acelerar o passo. Seu perseguidor começou a correr. Talvez fosse mais prudente puxar o revólver e enfrentá-lo. Mas não havia tempo. O perseguidor saltou e o atacou. Os dois travaram uma briga angustiante, e tudo indicava que o assaltante misterioso levava vantagem. O homem gritou por ajuda, lutou e foi jogado em um monte de cascalho. Foi imobilizado pela garganta e amordaçado com um lenço na boca. Seus olhos se fecharam, e o assaltante o sufocou com o seu peso. Contudo, o bandido sofreu um ataque inesperado: um golpe de bengala e o chute de uma bota. O assaltante se ergueu, dando dois gritos altos de dor. Fugiu em seguida, mancando e praguejando. Sem perseguir o fugitivo, o sujeito recém-chegado curvou-se sobre a vítima prostrada e perguntou:

– Está machucado, *monsieur*?

Não estava, apenas atordoado e incapaz de se levantar. Seu salvador procurou um táxi, colocou-o nele e o acompanhou até sua casa, na Avenue de la Grande-Armée. Ao chegarem, já recuperado, o homem agradeceu efusivamente seu salvador.

– Devo-lhe minha vida, *monsieur*, e não esquecerei. Não quero deixar minha esposa nervosa a esta hora da noite, mas amanhã ela terá o prazer de lhe agradecer pessoalmente. Venha para um café da manhã conosco. Meu nome é Ludovic Imbert. Posso perguntar o seu?

– Certamente, *monsieur*.

Entregou ao sr. Imbert um cartão com o seguinte nome:

Arsène Lupin

ooooo

Naquela época, Arsène Lupin ainda não tinha a fama que ganhara com o caso do barão Cahorn, a fuga da Prison de la Santé e suas outras façanhas brilhantes. Nem mesmo utilizava o nome Arsène Lupin, que foi uma alcunha especialmente inventada para designar o salvador do sr. Imbert. Aquele caso foi o batismo de Arsène Lupin. Bem equipado e pronto para a batalha, certamente, mas sem os recursos e a autoridade que vinham com o sucesso, Arsène Lupin era apenas um aprendiz em uma profissão na qual logo se tornaria um mestre.

Jubilante, Lupin rememorava o convite que recebera naquela noite! Finalmente, alcançara seu objetivo! Enfim, uma tarefa que fazia jus à sua força e habilidade! Os milhões dos Imbert! Que banquete magnífico para alguém com um apetite como o dele!

Preparou um traje especial para a ocasião: uma sobrecasaca surrada de gola e punhos gastos, calças largas e um chapéu de seda puído. Tudo muito bem arrumado, mas com a marca inconfundível da pobreza. Sua gravata era uma fita preta presa com um diamante falso. Vestido assim, desceu as escadas da casa onde morava, em Montmartre. No terceiro andar, sem parar, bateu em uma porta fechada com a ponta da bengala e continuou descendo até o bulevar. Um bonde estava passando. Embarcou e alguém que o seguia se sentou ao seu lado. Era o morador do quarto no terceiro andar. Instantes depois, o homem dirigiu-se a Lupin:

– E aí, patrão?

– Bem, tudo está arranjado.

– Como?

– Estou indo até lá para tomar café da manhã.

– Vai tomar café da manhã... lá?!

– Isso mesmo. E por que não? Resgatei o sr. Ludovic Imbert da morte certa em suas mãos. O sr. Imbert está bastante grato. Convidou-me para o café da manhã.

Um silêncio breve se seguiu. Então, o homem disse:

– Mas não vai desistir?

– Meu caro rapaz – disse Lupin –, quando preparei aquele singelo assalto com agressão e precisei fazer isso às três da manhã, batendo em você com a minha bengala e o pisoteando com a minha bota, arriscando perder meu único amigo, não era minha intenção desistir dos benefícios de um resgate tão certeiro e bem executado. Oh, não, desistir não está em meus planos!

– Mas e quanto aos estranhos boatos que ouvimos sobre a fortuna do sujeito?

– Esqueça isso. Por seis meses trabalhei nesse caso, eu o investiguei, estudei, questionei os criados, os prestamistas e vigaristas envolvidos no esquema. Por seis meses segui o marido e a esposa. Sei do que estou falando. Não me importo se a fortuna chegou-lhes por meio do velho Brawford, como fingem ser, ou de alguma outra fonte. O que importa é a realidade: ela existe. E um dia será minha.

– *Bigre*! Cem milhões!

– Que sejam dez... Até cinco. É o suficiente! Eles têm um cofre cheio de títulos, e será uma lástima se eu não colocar minhas mãos neles.

O bonde parou na Place de l'Etoile.

– O que devo fazer agora? – sussurrou o comparsa de Lupin.

– Nada, no momento. Falarei com você. Não há pressa.

Cinco minutos depois, Arsène Lupin subia a magnífica escadaria da mansão Imbert, e o sr. Imbert o apresentou à sua esposa. A sra. Gervaise Imbert era uma senhora baixinha, rechonchuda e tagarela. Deu as boas-vindas a Lupin de forma bastante cordial.

– Gostaria que ficássemos sozinhos para recepcionar nosso salvador – disse ela.

Desde o início, trataram o "nosso salvador" como um velho e estimado amigo. Quando a sobremesa foi servida, a amizade já estava consolidada e assuntos mais íntimos já eram mencionados. Arsène contou sua história, falou da vida de magistrado de seu pai, das tristezas de sua infância e das dificuldades atuais. Gervaise, por sua vez, falou de sua juventude, seu casamento, da bondade do velho Brawford, das centenas de milhões que herdara, dos obstáculos que a impediram de aproveitar a herança, do dinheiro que foi obrigada a pedir emprestado com uma taxa de juros exorbitante, das brigas infindáveis com os sobrinhos de Brawford e dos confrontos judiciais! Imposições judiciais! Todo aquele absurdo, na verdade!

– Pare para pensar, sr. Lupin, os títulos estão lá, no escritório do meu marido e se destacarmos um único talão, perdemos tudo! Estão lá, em nosso cofre, e não nos atrevemos a tocá-los.

O sr. Lupin estremeceu com a proximidade de tanta riqueza. Ainda assim, estava bastante certo que o sr. Lupin jamais passaria pela mesma dificuldade que sua estimada anfitriã: a de não se atrever a tocar no dinheiro.

Ah! Estão lá!, repetiu para si mesmo. *Estão lá parados!*

Uma amizade forjada sob tais circunstâncias logo conduziu a uma relação mais pessoal. Quando questionado com discrição, Arsène Lupin confessou que era pobre e passava por dificuldades. Imediatamente, o jovem desventurado foi convidado para ser secretário particular dos Imbert, tanto do marido quanto da esposa, com um salário de cem francos por mês. Deveria comparecer à casa dos Imbert todos os dias e lá receber suas ordens. Um quarto no segundo andar foi transformado em escritório para ele, bem acima de onde o sr. Imbert trabalhava.

Arsène logo percebeu que seu cargo como secretário era apenas uma sinecura. Durante os primeiros dois meses, teve apenas quatro cartas importantes para reproduzir e foi convocado apenas uma vez ao escritório do sr. Imbert. Logo, teve apenas uma oportunidade para contemplar, oficialmente, o cofre dos Imbert. Além disso, notou que o secretário não era convidado para os eventos sociais de seu empregador. Mas não reclamava, já que preferia permanecer quieto nas sombras, mantendo sua paz e liberdade.

Contudo, não perdia tempo. Desde o início, fazia visitas clandestinas ao escritório do sr. Imbert, como se para mostrar respeito ao cofre, que estava hermeticamente fechado. Era um bloco gigante de ferro e aço, frio e grosseiro de aparência, que não poderia ser forçado por nenhuma ferramenta ordinária utilizada por ladrões. Mas Arsène Lupin não ficou desmotivado.

Onde a força fracassa, a destreza enlaça, disse a si mesmo. *O essencial é estar pronto quando a oportunidade se apresentar. Enquanto isso, vigio e aguardo.*

Fez algumas preparações preliminares imediatas. Após sondagens cuidadosas no chão de seu escritório, Arsène introduziu um cano de chumbo que penetrou no teto do cômodo do sr. Imbert, em um ponto entre duas camadas da cornija. Através do cano, esperava ver e escutar o que acontecia lá embaixo.

Passava seus dias estirado no chão. Via com frequência os Imbert conversando em frente ao cofre, estudando livros e documentos. Quando giravam a combinação, Arsène tentava decorar os números e quantas vezes moviam o segredo para a esquerda e para a direita. Observava cada movimento e tentava distinguir o que falavam. Havia também uma chave necessária para completar a abertura do cofre. O que faziam com ela? Escondiam-na?

Certo dia, ele os viu deixar o escritório sem trancar o cofre. Apressou-se em descer as escadas e entrou rápido no escritório do sr. Imbert. Mas os dois haviam retornado.

– Ah! Perdão – disse. – Errei a porta.

– Venha, sr. Lupin, entre – convidou-o a sra. Imbert. – Está em casa. E queremos o seu conselho. Quais títulos deveríamos vender? Os estrangeiros ou os títulos públicos?

– Mas, e quanto ao processo? – questionou Lupin, surpreso.

– Ah, ele não inclui todos os títulos.

Ela abriu a porta do cofre e puxou um pacote de títulos. Seu marido protestou.

– Não, Gervaise, seria tolice vender os títulos estrangeiros. Estão subindo, enquanto os títulos públicos estão no valor mais alto possível. O que acha, meu caro amigo?

O caro amigo não tinha opinião alguma. Ainda assim, aconselhou a vender os títulos públicos. Então, a sra. Imbert retirou outro pacote e puxou um talão dele, aleatoriamente. Era um título de três por cento que valia dois mil francos. Ludovic depositou o pacote no bolso. Naquela tarde, acompanhado de seu secretário, o homem vendeu os títulos para um corretor e sacou quarenta e seis mil francos.

Mesmo que a sra. Imbert tenha dito, Arsène Lupin não se sentia em casa na residência dos Imbert. Pelo contrário, sua posição era peculiar. Descobriu que os criados sequer sabiam seu nome, e o chamavam apenas de "*monsieur*". Ludovic sempre falava dele da mesma forma: "Diga para *monsieur*", "o *monsieur* chegou?". Por que se referir a ele daquela forma misteriosa?

Além disso, após a primeira manifestação efusiva de entusiasmo dos Imbert, eles raramente dirigiam-lhe a palavra. E, mesmo tratando-o como um benfeitor, não lhe dispensavam praticamente atenção alguma. Pareciam considerá-lo um rapaz excêntrico que não gostava de ser incomodado. Respeitavam seu isolamento como se fosse uma regra rígida de sua parte. Em certa ocasião, ao passar pelo átrio, Lupin escutou a sra. Imbert confidenciar a dois cavalheiros:

– Ele é um selvagem!

– Veja só – disse Lupin a si mesmo. – Eu sou um selvagem!

E, sem tentar descobrir o motivo do comportamento estranho deles, Arsène passou a executar seus próprios planos. Decidira que não podia depender do acaso nem da negligência da sra. Imbert, que carregava sempre a chave do cofre. Ela, também, ao trancar o cofre, sempre girava a combinação aleatoriamente. Logo, Lupin deveria agir por conta própria.

Um dia, um incidente antecipou a questão: os jornais que acusavam os Imbert de trapaça instituíram uma campanha ferrenha contra os dois. Arsène Lupin estava presente em certas reuniões da família quando o novo desdobramento passou a ser discutido. Decidiu que, se esperasse mais tempo, colocaria tudo a perder. Durante os cinco dias seguintes, em vez de deixar a casa por volta das seis horas, de acordo com o que lhe era habitual, trancava-se em seu escritório. Supostamente, ia para casa, mas, na verdade, ficava deitado no chão observando o escritório do sr. Imbert. Durante as cinco noites, nenhuma oportunidade favorável apresentou-se. Deixava a casa por volta de meia-noite por uma porta lateral, da qual tinha a chave.

No sexto dia, descobriu que os Imbert, influenciados pelas insinuações maléficas de seus inimigos, propuseram criar um inventário do conteúdo do cofre.

Vão fazer isso hoje à noite, pensou Lupin.

E, de fato, após o jantar, o sr. Imbert e sua esposa foram até o escritório e começaram a examinar os livros de contabilidade e os títulos contidos no cofre. As horas passavam. Arsène escutou os criados subindo as escadas para seus quartos. Ninguém permaneceu no primeiro andar. Meia-noite! Os Imbert continuavam o trabalho.

– Devo agir – murmurou Lupin.

Abriu a janela do escritório. Dava em um pátio. Lá fora, tudo estava escuro e quieto. Pegou uma corda em sua escrivaninha, amarrou-a na sacada e desceu devagar até a janela de baixo, que era a do escritório dos Imbert. Ficou imóvel na sacada, ouvindo e observando, mas as grossas cortinas obstruíam totalmente o interior do cômodo. Com cautela, empurrou a janela. Se ninguém a inspecionara, ela abriria com uma leve pressão, já que durante a tarde Arsène prendera o fecho de modo que não trancasse.

E ela realmente se abriu com um toque. Com um cuidado exagerado, Arsène a empurrou o suficiente para que sua cabeça coubesse. Puxou um pouco da cortina, olhou para dentro e viu o sr. Imbert e sua esposa sentados de frente para o cofre, completamente absortos no trabalho. Trocavam palavras sussurradas em intervalos raros.

Arsène calculou a distância até os dois e pensou nos movimentos exatos que precisaria executar para subjugá--los, um de cada vez, antes que pudessem buscar ajuda. Estava prestes a avançar quando a sra. Imbert disse:

– Ah! Está ficando frio. Vou dormir. Você vem, querido?

– Vou ficar aqui e terminar.

– Terminar? Ora, isso levará a noite toda.

– De forma alguma. Uma hora, no máximo.

Ela se retirou. Vinte minutos, trinta minutos se passaram. Arsène empurrou a janela, abrindo-a um pouco mais. As cortinas balançaram. Empurrou mais. O sr. Imbert se virou e, vendo as cortinas sopradas pelo vento, levantou-se para fechar a janela.

Não houve um pio ou o menor sinal de resistência. Com alguns movimentos certeiros e sem feri-lo, Arsène o deixou atordoado, enrolou a cortina em volta de sua cabeça e amarrou suas mãos e pés, e o fez de tal forma que o sr. Imbert não tivesse a oportunidade de reconhecer seu agressor.

Rápido, ele se aproximou do cofre, agarrou dois pacotes e os enfiou debaixo do braço. Deixou o escritório e abriu o portão dos criados. Um carro estava parado na rua.

– Primeiro, segure isso, e siga-me – disse para o condutor. Retornou ao escritório e, em duas viagens, os dois esvaziaram o cofre. Em seguida, Arsène voltou para o próprio escritório e removeu a corda e todos os vestígios de seu trabalho clandestino.

Horas depois, Arsène Lupin e seu assistente examinavam o roubo. Não ficou desapontado, mesmo tendo previsto que a fortuna dos Imbert era imensamente exagerada por eles. Não consistia de centenas de milhões, nem mesmo dezenas de milhões. Mas era uma quantia bem respeitável e Lupin estava satisfeito.

– Claro que haverá uma perda considerável quando vendermos os títulos – disse –, já que precisaremos nos desfazer deles secretamente a preços reduzidos. Enquanto isso, ficarão na minha mesa aguardando o momento propício.

Arsène não via motivos para não comparecer na casa dos Imbert no dia seguinte. Mas, ao ler o jornal da manhã, deparou-se com um fato estarrecedor: Ludovic e Gervaise Imbert estavam desaparecidos.

Quando os agentes da lei chegaram ao cofre e o abriram, encontraram exatamente o que Arsène Lupin deixara lá dentro: nada.

∞∞∞∞∞

Tais são os fatos. Eu soube da conclusão quando Arsène Lupin decidiu confidenciá-la a mim. Ele andava de um lado para o outro em minha sala, seus passos agitados, um olhar impaciente que lhe era incomum.

– No fim das contas – falei para Arsène –, foi a sua empreitada que obteve mais sucesso.

– Há alguns segredos inescrutáveis conectados ao caso – contou ele, um pouco evasivo. – Os pontos mais nebulosos fogem à minha compreensão. Por exemplo: por que os dois fugiram? Por que não tiraram vantagem da ajuda que inconscientemente lhes proporcionei? Teria sido mais simples dizer: "Os cem milhões estavam no cofre. Não estão mais lá porque foram roubados".

– Perderam a coragem.

– Sim, foi isso… Perderam a coragem… Por outro lado, é verdade que…

– O que é verdade?

– Ah… Nada…

Por que Lupin estava reticente? Era bem óbvio que não me contara tudo. Havia alguma coisa que não queria contar. Sua atitude me deixava perplexo. Devia ser realmente algo muito sério para deixar hesitante um homem como Arsène Lupin. Disparei algumas perguntas de forma aleatória.

– Você os viu desde então?

– Não.

– E nunca teve a menor pena dos dois infelizes?

– Ora! – ele exclamou, sobressaltado.

Seu entusiasmo repentino me surpreendeu. Tocara em um ponto sensível?

– É claro que, se não os tivesse deixado sozinhos – prossegui –, eles talvez fossem capazes de enfrentar o perigo ou, pelo menos, de fugir com o bolso cheio.

– O que quer dizer com isso? – disse ele, indignado. – Creio que está insinuando que eu deveria estar transbordando de remorso…

– Remorso ou arrependimento… O que preferir.

– Eles não valem tanto.

– Não tem remorso ou arrependimento por ter roubado sua fortuna?

– Que fortuna?

– O pacote de títulos que pegou do cofre dos dois.

– Ah! Eu roubei os títulos, foi? Despojei-os de uma porção de sua riqueza? É um crime? Ah, meu caro amigo, você não conhece a verdade. Você sequer imagina que aqueles títulos mal valiam o papel em que estavam declarados. Eram falsos… Imitações… Todos eles. Entende? ERAM IMITAÇÕES!

Encarei-o, estupefato.

– Imitações? Os quatro ou cinco milhões?

– Sim, imitações! – exclamou ele, em um acesso de fúria. – Meros pedaços de papel! Não consegui levantar um centavo de nenhum deles! E você me pergunta se tenho remorso. ELES é que deveriam ter remorso e pena. Consideravam-me um tolo e eu caí na armadilha. Fui a última vítima dos dois, o derradeiro ingênuo.

Arsène exprimia uma raiva genuína – resultado de malícia e orgulho ferido.

– Do início ao fim – continuou –, eu que sofri o pior. Você sabe quem eu fui nesse caso? Ou melhor, quem eles me obrigaram a ser? André Brawford! Sim, meu camarada, essa é a verdade e nunca suspeitei. Só depois, lendo em jornais, que meu cérebro estúpido ligou os pontos. Enquanto eu posava como "salvador", como o cavalheiro que arriscara a vida para resgatar o sr. Imbert das garras de um assassino, eles estavam me fazendo de Brawford. Esplêndido, não? Aquele indivíduo excêntrico com um escritório no segundo andar, aquele selvagem que só era apresentado à distância era Brawford, e Brawford era eu! Graças a mim e à confiança que eu inspirava sob o nome de Brawford, os dois foram capazes de pedir dinheiro emprestado para banqueiros e prestamistas. Ah! Que experiência boa para um novato! E eu lhe juro que ainda vou lucrar com essa lição!

Ele se deteve, pegou meu braço e disse, com um tom exasperado:

– Meu querido camarada, neste exato instante, Gervaise Imbert me deve mil e quinhentos francos.

Não consegui deixar de rir. Sua irritação era caricata. Estava fazendo tempestade em copo d'água. Em seguida, foi ele quem riu.

– Sim, meu camarada – disse ele. – Mil e quinhentos francos. Você deve saber que não recebi um centavo do meu salário prometido e, mais do que isso, ela pegou emprestado de mim uma soma de mil e quinhentos francos. Toda a minha poupança da juventude! E sabe por quê? Para doar para a caridade! Estou lhe contando a verdade. Ela queria o dinheiro para ajudar algumas pessoas pobres que seu marido não conhecia. E meu dinheiro suado me foi extraído por essa mentira boba! Não é inacreditável?

Arsène Lupin despojado de mil e quinhentos francos pela respeitável senhora de quem ele roubou quatro milhões em títulos falsos! E quanto tempo, paciência e planejamento investi para chegar a esse resultado! Foi a primeira vez na minha vida que fui feito de idiota e, sinceramente, confesso que fui enganado com primor naquela ocasião!

A PÉROLA NEGRA

Um toque incessante na campainha acordou a zeladora do número nove na Avenida Hoche. Ela puxou o trinco da porta.

– Achei que todo mundo já tinha chegado – resmungou. – Já deve ser três da manhã!

– Talvez seja alguém para o médico – balbuciou seu marido.

Uma voz do lado de fora perguntou:

– O doutor Harel fica em que andar?

– Terceiro andar, lado esquerdo. Mas o médico não vai atender a essa hora.

– Ele precisa atender.

O visitante passou pelo átrio, subiu as escadas e passou pelo primeiro, segundo e terceiro andares. Sem parar na porta do médico, prosseguiu até o quinto andar. Lá, tentou duas chaves em uma porta. Uma delas se encaixava na fechadura.

– Ah! Ótimo! – murmurou. – Simplifica bastante o trabalho. Mas, antes de começar, é melhor preparar a minha fuga. Deixe-me ver… Tive tempo suficiente para acordar o médico e ser dispensado por ele? Ainda não… Vou esperar alguns minutos.

Dez minutos depois, ele desceu as escadas, resmungando alto sobre o médico. A zeladora abriu a porta para ele sair e, em seguida, a fechou. Mas não foi trancada, já que o homem inseriria um pequeno pedaço de ferro na fechadura de forma que ela não entrasse completamente. Então, em segredo, voltou a entrar no prédio, desta vez sem o conhecimento da zeladora. Caso tivesse algum problema, sua fuga estava garantida. Em silêncio, subiu até o quinto andar mais uma vez. Na antessala, à luz de seu lampião elétrico, colocou o chapéu e o sobretudo em uma das cadeiras, sentou-se em outra e envolveu os pesados sapatos com sapatilhas de feltro.

– *Ouf!* Aqui estou eu… E como foi simples! Eu me pergunto por que mais pessoas não se iniciam na prazerosa e lucrativa carreira de ladrão. Com cautela e reflexão, ela se torna uma profissão bastante aprazível. Nunca parada e monótona em demasia, é claro, já que acabaria ficando enfadonha.

Desenrolou uma planta detalhada do apartamento.

– Preciso me localizar. Aqui está o átrio onde estou. Na parede que dá para a rua ficam a sala de estar, o *boudoir* e a sala de jantar. É inútil perder tempo nelas, já que parece que a condessa tem um gosto deplorável… Sequer um bibelô de valor! Agora, vamos ao que interessa! Ah! Um corredor… Deve levar até os quartos. Andando três metros devo chegar a um closet que se conecta ao quarto da condessa.

Dobrou a planta, apagou o lampião e seguiu pelo corredor, calculando a distância.

– Um metro… dois… três… aqui está a porta… *Mon Dieu*, que fácil! Só uma tranca pequenina e simples entre mim e o quarto. E sei que a tranca está localizada exatamente a um metro e quarenta e três centímetros do chão. Então, graças a um pequeno furo que logo farei, conseguirei me livrar desse obstáculo.

Retirou do bolso as ferramentas necessárias. Então, uma ideia lhe ocorreu.

– E se, por acaso, a porta não estiver trancada? Vou tentar primeiro.

Girou a maçaneta e a porta abriu.

– Meu bravo Lupin, a sorte certamente está do seu lado… O que preciso fazer agora? Você já conhece a disposição dos quartos e já sabe o lugar onde a condessa esconde a pérola negra, portanto, para obtê-la, você deve simplesmente ser mais silencioso do que o silêncio, mais invisível do que a própria escuridão.

Arsène Lupin passou meia hora abrindo a segunda porta – uma de vidro, que conduzia à área do quarto onde a condessa dormia. Mas conseguiu fazê-lo com tanta destreza e cuidado, que, mesmo que a condessa estivesse acordada, não escutaria som algum. De acordo com a planta dos quartos, só precisava contornar uma poltrona reclinável e, depois dela, chegar a uma pequena mesa perto da cama. Na mesa, havia uma caixa de papéis de carta, e a pérola negra estava escondida ali. Curvou-se e se esgueirou com cautela pelo carpete, seguindo o contorno da poltrona. Quando alcançou a extremidade, parou para controlar as batidas de seu coração. Ainda que não sentisse medo, era impossível conter a ansiedade que normalmente vinha acompanhada do silêncio profundo. Aquilo o deixava perplexo porque já passara por muitos momentos grandiosos sem o menor traço de qualquer emoção. Perigo algum o ameaçava. Por que, então, seu coração palpitava como um tambor? Era a presença da mulher adormecida que o influenciava? Seria a proximidade de outro coração pulsando?

Parou para escutar. Parecia capaz de distinguir a respiração rítmica de uma pessoa dormindo. Recuperou sua confiança, como se estivesse na presença de um amigo. Procurou e encontrou a poltrona. Então, devagar e cauteloso, avançou para a mesa, sentindo o que estava adiante com o braço esticado. Sua mão direita tocou um dos pés da mesa. Ah! Agora era só levantar, pegar a pérola e fugir. Já não era sem tempo. Seu coração debatia-se em seu peito como um animal feroz, e fazia tanto barulho que ele temia acordar a condessa. Com grande esforço, dominou as fortes batidas no peito. Estava prestes a se erguer quando sua mão esquerda encontrou, no chão, um objeto que reconheceu ser um castiçal caído. Em seguida, esbarrou em outro objeto: um relógio, daqueles pequenos que se leva em viagens, revestido em couro.

Ora! O que significava aquilo? Não dava para entender. O castiçal, o relógio... Por que aqueles objetos não estavam em seus lugares habituais? O que acontecera no silêncio mortal da noite?

Um grito lhe escapou inadvertidamente. Tinha tocado... Ah! Alguma coisa estranha e irreconhecível! *Não, não*, pensou. *Não pode ser. É algum truque da minha mente ansiosa*. Por vinte ou trinta segundos, permaneceu imóvel, aterrorizado, a testa banhada em suor. Seus dedos ainda lembravam a sensação do toque repulsivo.

Em desespero, voltou a estender o braço. Mais uma vez, sua mão tocou o esquisito e misterioso objeto. Apalpou--o. Precisava examinar e descobrir o que era. Cabelos… Cabelos humanos… e uma face humana, um rosto frio, quase gélido.

Por mais assustadoras que as circunstâncias fossem, um homem como Arsène Lupin era capaz de se recompor e tomar controle da situação assim que descobria do que se tratava. Rapidamente, acendeu o lampião. Uma mulher coberta de sangue jazia diante de si. Seu pescoço e ombros estavam marcados com ferimentos. Curvou-se e a exami-nou mais de perto. Estava morta.

– Está morta! Morta! – disse ele, desorientado.

Encarou os olhos esbugalhados, a boca retorcida, a pele pálida e o sangue – todo aquele sangue que escorrera pelo carpete e coagulara ali, formando vários pontos concen-trados e enegrecidos. Levantou-se e acendeu as luzes. Foi então que vislumbrou os sinais de uma luta desesperada. A cama estava completamente desarrumada. No chão, o castiçal e o relógio com os ponteiros marcando onze e vin-te. Mais adiante, uma cadeira tombada e, em toda parte, sangue e manchas de sangue e poças de sangue.

– E a pérola negra? – murmurou.

A caixa de papéis de carta estava em seu lugar. Abriu-a, ansioso. O porta-joias estava lá, mas vazio.

– *Fichtre!* – murmurou. – Você se vangloriou da sua boa sorte cedo demais, meu caro Lupin. Com a condessa morta e a pérola negra desaparecida, a situação é qualquer coisa, menos agradável. Saia daí o mais rápido possível, antes de se meter em uma encrenca mais séria.

Ainda assim, não se moveu.

– Sair daqui? Mas é claro. Qualquer pessoa faria isso, exceto Arsène Lupin. Ele tem algo melhor a fazer. Agora… Vamos proceder de maneira ordenada. Pelo menos você tem a consciência tranquila. Vamos supor que você seja o delegado de polícia e vai começar a investigar o caso… Certo, mas para isso preciso me acalmar. Estou me sentindo um peixe fora d'água.

Desabou na poltrona, os punhos cerrados e pressionados contra a testa febril.

ooooo

O assassinato da Avenida Hoche foi um daqueles que recentemente surpreendeu e intrigou o público parisiense e sem dúvida eu jamais mencionaria o caso se parte da aura de mistério não tivesse sido removida pelo próprio Arsène Lupin. Da participação dele, poucos suspeitavam, e de qualquer forma, ninguém realmente sabia os detalhes da verdade.

Quem não conhecia a bela Léontine Zalti – de encontrá-la no Bois –, a famosa cantora, esposa e viúva do conde d'Andillot; a mesma Zalti cujo luxo chamara a atenção de toda Paris havia uns vinte anos; aquela que conquistara uma reputação em toda a Europa por possuir magníficos diamantes e pérolas. Diziam que ela usava ao redor do pescoço o capital de diversos bancos e as minas de ouro de numerosas empresas australianas. Joalheiros habilidosos trabalhavam para Zalti do mesmo modo que antes serviram reis e rainhas. E quem não se recorda da catástrofe na qual toda aquela riqueza foi engolida? De toda a coleção esplêndida, nada restou exceto a famosa pérola negra. A pérola negra! Uma verdadeira fortuna, caso ela optasse por vendê-la.

Mas preferiu mantê-la e viver em um apartamento simples com sua aia, a cozinheira e um criado, em vez de se desfazer da inestimável joia. Havia um motivo, um que ela não tinha medo de revelar: a pérola negra era o presente de um imperador! Quase arruinada e reduzida à mais medíocre existência, Zalti permaneceu fiel à companheira de sua feliz e brilhante juventude. A pérola negra nunca deixara de ser sua. Usava-a durante o dia e, à noite, a escondia em um lugar que apenas ela conhecia.

Todos os fatos supracitados, após serem republicados em artigos pela imprensa, serviram para estimular a curiosidade do público. E, estranhamente, mas bastante óbvio para os que sabiam a solução do mistério, a prisão do suposto assassino apenas complicou o caso e prolongou a ansiedade geral. Dois dias depois dela, os jornais publicaram o seguinte artigo:

> *Obtivemos informações sobre a prisão de Victor Danègre, criado da condessa d'Andillot. As evidências são claras e convincentes. Foram descobertas várias manchas de sangue na manga de seda do colete que compunha seu uniforme, o qual foi encontrado pelo detetive-chefe Dudouis em seu sótão, sob o colchão da*

cama. Além disso, um botão, encontrado sob a cama da vítima, estava faltando em seu uniforme.

As suspeitas indicam que, após o jantar, em vez de seguir para o seu quarto, Danègre escondeu-se no closet e, através da porta de vidro, viu a condessa guardar a preciosa pérola negra. Tal narração dos fatos é apenas uma teoria, ainda não corroborada por evidências. Há também, outra dúvida que permanece sem resposta. Às sete da manhã, Danègre seguiu até a tabacaria no Boulevard de Courcelles. A zeladora e o lojista confirmam essa afirmação. Por outro lado, a aia e o cozinheira da condessa, que dormem no fim do corredor do apartamento, declaram que, ao se levantarem às oito horas, a porta da antessala e da cozinha estavam trancadas. As duas estavam a serviço da condessa havia vinte anos e estão acima de qualquer suspeita. A dúvida que permanece é a seguinte: como Danègre saiu do apartamento? Possuía outra chave? A polícia investiga essas questões.

Na verdade, a investigação policial não esclareceu o mistério. Foi descoberto que Victor Danègre era um facínora perigoso, beberrão e degenerado. Mas, conforme a investigação prosseguia, o mistério se intensificou e gerou novas complicações. Em primeiro lugar, uma jovem, a srta. De Sinclèves, prima e única herdeira da condessa, declarou que ela lhe escrevera uma carta um mês antes de sua morte, na qual descrevera o método sob o qual escondia a pérola negra. A carta sumira no dia seguinte ao recebimento. Quem a roubara?

A zeladora, por sua vez, relatou que abrira a porta para uma pessoa que estava indo ver o dr. Harel. Ao ser questionado, o médico testemunhou que ninguém tocara sua campainha. Então, quem era a pessoa? Um cúmplice?

A teoria de um cúmplice passou a ser adotada pela imprensa e pelo público, mas também por Ganimard, o célebre detetive.

– Lupin está nessa até o pescoço – disse ao juiz.

– Ah! – exclamou o juiz. – Você não tira Lupin da cabeça. Você o vê em tudo.

– Eu o vejo em tudo porque ele está em tudo.

– Melhor dizer que você o enxerga sempre que não consegue explicar algo. Além disso, ignora o fato de que o crime foi cometido às onze e vinte da noite, como o relógio mostra, enquanto a visita noturna ocorreu às três da manhã, como explicado pela zeladora.

Agentes da lei muitas vezes formavam uma opinião precipitada sobre a culpa de um suspeito. Depois, distorciam todas as descobertas subsequentes para que casassem com a teoria pré-estabelecida. Os antecedentes deploráveis de Victor Danègre, criminoso contumaz, beberrão e degenerado, influenciaram o juiz e, apesar de nada novo ter sido descoberto para corroborar com as primeiras pistas, sua opinião oficial permaneceu firme e resoluta. Encerrou a investigação e, semanas depois, o julgamento começou. Acabou sendo lento e entediante. O juiz estava desinteressado e o promotor de justiça apresentava o caso de maneira descuidada. Assim, a defesa de Danègre tinha uma tarefa fácil. Seu advogado apontou os problemas e inconsistências do caso e argumentou que a evidência era insuficiente para condenar o acusado. Quem providenciara a cópia da chave, que era indispensável para Danègre deixar a porta trancada ao sair do apartamento? Quem vira tal chave e o que acontecera com ela? Quem vira a faca do assassino e onde ela estava?

– De qualquer forma – argumentou o advogado do prisioneiro –, a promotoria deve provar, sem qualquer viés para dúvidas, que o acusado cometeu o assassinato. A promotoria deve provar que o indivíduo misterioso que entrou na casa às três da manhã não é o culpado. É certo que o relógio indicava onze horas. Mas e daí? Isso não prova nada. O assassino pode alterar os ponteiros do relógio para qualquer hora que quiser e nos enganar sobre a hora exata na qual o crime foi cometido.

Victor Danègre foi absolvido.

Deixou a prisão na sexta-feira, por volta do fim da tarde, fraco e deprimido por ter passado seis meses encarcerado. O questionamento, a solidão, o julgamento e as deliberações do júri se sobrepunham para deixá-lo inquieto e amedrontado. À noite, era afligido por pesadelos terríveis e perturbado por visões estranhas da tribuna. O sujeito transformou-se em uma ruína mental e física.

Assumindo o nome Anatole Dufour, alugou um pequeno quarto no alto de Montmartre e vivia de bicos sempre que conseguia. Passou a ter uma existência lamentável. Conseguiu um emprego estável três vezes, mas logo foi reconhecido e demitido de todos. Às vezes, pensava ser seguido – detetives, sem dúvidas, tentando criar armadilhas para denunciá-lo. Quase podia sentir o punho firme da lei agarrando-o pelo colarinho.

Certa noite, enquanto jantava em um restaurante próximo, um homem entrou e se sentou à mesa em que ele estava. Tinha cerca de quarenta anos e usava uma sobre-casaca de higiene questionável. Pediu sopa, legumes e uma garrafa de vinho. Após terminar a sopa, pousou os olhos em Danègre e o encarou. Danègre estremeceu. Estava certo de que era um dos homens que o seguiam havia várias semanas. O que ele queria? Danègre tentou se levantar, mas não conseguiu. Suas pernas se recusavam a suportá-lo. O homem encheu uma taça de vinho e, em seguida, fez o mesmo com a de Danègre. Ergueu a taça.

– À sua saúde, Victor Danègre.

Victor se sobressaltou.

– Eu… eu… – gaguejou. – Não… Eu juro…

– Jura o quê? Que não é você? O criado da condessa?

– Que criado? Meu nome é Dufour. Pergunte ao dono deste estabelecimento.

– Sim, para o dono você é Anatole Dufour, mas para a lei você é Victor Danègre.

– Não é verdade! Alguém mentiu para você.

O recém-chegado tirou um cartão do bolso e o entregou a Victor, que leu:

> *Grimaudan, ex-detetive de polícia. Trato de casos particulares.*

– Você tem ligação com a polícia? – disse Victor, tremendo.

– Não, não neste momento, mas gosto do ramo e continuo a trabalhar nele de uma perspectiva mais… lucrativa. De tempos em tempos, esbarro em uma oportunidade de ouro, como a do seu caso.

– Meu caso?

– Sim, o seu. Garanto que é um caso promissor, desde que o senhor seja razoável.

– E se eu não for razoável?

– Ah, meu bom camarada, você não está em posição de recusar nada que eu peça.

– O que… você quer? – gaguejou Victor, amedrontado.

– Bom, vou lhe falar em poucas palavras. Fui enviado pela srta. De Sinclèves, a herdeira da condessa d'Andillot.

– Para quê?

– Recuperar a pérola negra.

– A pérola negra?

– Que você roubou.

– Eu não roubei.

– Você está com ela.

– Se tivesse, eu seria o assassino.

– Você é o assassino.

Danègre forçou um sorriso.

– Felizmente, *monsieur*, o tribunal de justiça não compartilha de sua opinião. O júri deu um veredicto unânime para me absolver. E quando um homem está com a consciência tranquila e tem doze homens honestos a seu favor…

O ex-detetive o agarrou pelo braço.

– Sem frases bacanas, meu rapaz – disse. – Agora me escute e ouça bem as minhas palavras. Você vai descobrir que vale a pena prestar atenção a elas. Danègre, três semanas antes do assassinato, você pegou a chave da porta dos criados que a cozinheira tinha e fez uma cópia com um chaveiro chamado Outard, na Rue Oberkampf, 244.

– Mentira! – protestou Victor. – Ninguém viu essa chave. Ela não existe.

– Aqui está ela.

Após um tempo de silêncio, Grimaudan prosseguiu:

– Você matou a condessa com uma faca comprada por você mesmo no Bazar de la Republique no mesmo dia em que fez a cópia da chave. A faca tem uma lâmina triangular com uma ranhura ao longo de sua extensão.

– Isso é um absurdo. Está só supondo algo que não sabe. Ninguém viu essa faca.

– Aqui está ela.

Victor Danègre se encolheu. O ex-detetive continuou:

– Tem algumas manchas de ferrugem nela. Devo lhe explicar como apareceram aqui?

– Bom… Você tem uma chave e uma faca. Quem pode provar que pertencem a mim?

– O chaveiro e o balconista de quem comprou a faca. Já os fiz recordar e, se confrontá-los, não falharão em reconhecê-lo.

O discurso do ex-detetive era ríspido e seco, com um tom de firmeza e precisão. Danègre tremia de medo, mas mesmo assim lutava para manter um ar de indiferença.

– Essa é toda a evidência que tem?

– Não! De forma alguma. Tenho muito mais. Por exemplo, após o crime, você saiu pelo mesmo caminho por onde entrou. Mas, no meio do closet, tomado por um medo repentino, apoiou-se na parede para se recompor.

– Como sabe? Ninguém tem como saber isso – argumentou o sujeito, desesperado.

– A polícia não tem como saber isso, claro. Eles nunca pensam em acender uma vela para examinar as paredes. Mas se o tivessem feito, teriam descoberto, no revestimento branco, uma sutil mancha avermelhada, suficiente para rastrear até a marca do seu dedão, o qual apoiou na parede enquanto ela estava suja de sangue. Bom, como sabe, segundo o sistema Bertillon, marcas de dedo são um dos principais meios de se identificar alguém.

Victor Danègre empalideceu. Gotas de suor escorriam por sua face e pingavam na mesa. Encarou com um olhar bravio o estranho que narrara a história de seu crime de modo tão fiel como a de uma testemunha invisível. Derrotado e desamparado, Victor abaixou a cabeça. Era inútil lutar contra aquele sujeito assombroso.

– Quanto você me dá se eu lhe entregar a pérola? – perguntou Victor.

– Nada.

– Está brincando! Ou está pensando que vou lhe dar um item que vale centenas de milhares de francos e não ganhar nada em troca?

– Vai ganhar uma vida. Não é nada?

O infeliz estremeceu. Então, Grimaudan acrescentou, de maneira mais branda:

– Danègre, a pérola não tem valor em suas mãos. É impossível vendê-la. Então, qual a vantagem em guardá-la?

– Existem penhoristas por aí… e um dia vou conseguir algo por ela.

– Esse dia pode ser tarde demais.

– Por quê?

– Porque você pode estar nas mãos da polícia e, com a evidência que reuni… A faca, a chave, as digitais… O que acha que acontecerá com você?

Victor apoiou a cabeça nas mãos e refletiu. Sentia que estava perdido, inevitavelmente perdido. Ao mesmo tempo, uma sensação de exaustão e depressão o acometeu.

– Quando devo lhe entregar? – murmurou, débil.

– Hoje à noite ainda, dentro de uma hora.

– E se eu recusar?

– Se recusar, enviarei esta carta ao procurador. Nela, a srta. De Sinclèves o denuncia como o assassino.

Danègre encheu duas taças de vinho e as bebeu sucessivamente.

– Pague a conta e vamos – disse, levantando-se. – Cansei desse caso maldito.

A noite caíra. Os dois homens caminharam pela Rue Lepic e seguiram os bulevares na direção da Place de l'Etoile. Andavam em silêncio. Victor estava curvado e com o semblante abatido.

– Estamos perto da casa – disse ele ao chegarem em Parc Monceau.

– *Parbleu*! Você só deixou a casa uma vez, antes da prisão, e foi para ir à tabacaria.

– Chegamos – anunciou Danègre, sua voz seca.

Passaram pela cerca-viva da casa da condessa e atravessaram a rua perto da esquina onde ficava a tabacaria. Alguns passos depois, Danègre parou. Suas pernas tremiam e ele se jogou em um banco.

– E agora? – perguntou o ex-detetive.

– Está ali.

– Onde? Anda logo, sem enrolação!

– Ali… na nossa frente.

– Onde?

– Entre as duas pedras da calçada.

– Quais?

– Procure.

– Quais pedras?

Victor não respondeu.

– Ah! Entendi! – exclamou Grimaudan. – Você quer que eu pague pela informação.

– Não… mas… estou com medo de morrer de fome.

– Então, é por isso que está hesitante. Bom, não serei austero com você. Quanto quer?

– O suficiente para comprar uma passagem de navio para os Estados Unidos.

– Certo.

– E cem francos para me sustentar até arranjar trabalho lá.

– Darei duzentos. Agora, fale.

– Conte as pedras à direita do bueiro. A pérola está entre a décima segunda e a décima terceira.

– Entre uma e outra?

– Sim, perto da calçada.

Grimaudan espiou ao redor para ver se alguém estava olhando. Alguns bondes e pedestres circulavam. Ah, mas jamais suspeitariam de coisa alguma. Sacou seu canivete e o enfiou entre a décima segunda e a décima terceira pedras.

– E se não estiver aqui? – perguntou para Victor.

– Tem de estar, a não ser que alguém tenha me visto escondê-la.

Seria possível que a pérola negra tivesse se misturado com a lama e a sujeira da sarjeta apenas para ser descoberta por alguém passando? A pérola negra! Toda aquela fortuna!

– Está muito para baixo? – perguntou.

– Uns dez centímetros.

Ele cavou a terra molhada. A ponta da faca encostou em algo. Ampliou o buraco com o dedo. Então, identificou a pérola negra em seu esconderijo imundo.

– Ótimo! Aqui estão seus duzentos francos. Vou lhe enviar uma passagem para os Estados Unidos.

No dia seguinte, a seguinte nota foi publicada no *Echo de France* e copiada pelos principais jornais do mundo:

Ontem, a famosa pérola negra foi adquirida por Arsène Lupin, que a recuperou do assassino da condessa d'Andillot. Em breve, fac-símiles da joia serão exibidos em Londres, São Petersburgo, Calcutá, Buenos Aires e Nova York.

Arsène Lupin terá o prazer de considerar todas as propostas de compra submetidas a ele mediante seus agentes.

∞∞∞

– E é assim que se pune o crime e se recompensa a virtude – concluiu Arsène Lupin após me contar a história da pérola negra.

– E foi assim que você, com o nome falso de Grimaudan, ex-detetive de polícia, foi escolhido pelo destino a despojar o criminoso do espólio de seu crime.

– Exato. Confesso que o caso me traz satisfação e orgulho enormes. Os quarenta minutos que passei no apartamento da condessa d'Andillot, após descobrir seu corpo, foram os mais emocionantes e fascinantes da minha vida. Naqueles quarenta minutos, mesmo envolvido no mais perigoso dos casos, estudei com atenção a cena do crime e cheguei à conclusão de que devia ter sido cometido por um dos criados. Também decidi que, para conseguir a pérola, o criado precisava ser preso. Então, deixei o botão do colete embaixo da cama. Também era preciso haver evidências conclusivas da culpa do sujeito, assim, levei a faca que achei no chão e a chave que encontrei na fechadura. Fechei e tranquei a porta e apaguei as digitais do revestimento da parede do closet. Na minha opinião, foi um dos meus momentos…

– De gênio – eu o interrompi.

– De gênio, se quiser colocar desta forma. Mas, já me gabando, nada disso teria ocorrido a uma pessoa comum. Planejar, na mesma hora, os dois elementos do problema: uma prisão e uma absolvição… Utilizar o formidável aparato da lei para desestabilizar a vítima e reduzi-la a uma condição na qual, uma vez livre, certamente cairia em minha armadilha!

– Pobre coitado…

– Pobre coitado, você disse? Victor Danègre, o assassino! Ele poderia ter mergulhado nas profundezas da imoralidade e do crime se tivesse mantido a pérola negra. Mas continua vivo! Pense nisso. Victor Danègre continua vivo!

– E você tem a pérola negra.

Ele a tirou de um do bolsos secretos de sua carteira, examinou-a com carinho e a acariciou com delicadeza.

– Um frio príncipe russo ou um rajá insensato? – disse Arsène, suspirando. – Qual deles um dia possuirá este inestimável tesouro? Ou seria um milionário americano a pessoa destinada a se tornar proprietária deste pedacinho de beleza estonteante que uma vez esteve ao redor do pescoço de Léontine Zalti, a condessa d'Andillot?

Sherlock Holmes chega atrasado

– A sua semelhança com Arsène Lupin é realmente notável, Velmont!

– Como sabe?

– Ah, do mesmo jeito que todos sabem! Por meio de fotografias. Mesmo que nenhuma seja igual, elas passam a impressão de um semblante bem definido... Um semblante parecido com o seu.

Horace Velmont parecia um pouco frustrado.

– Entendo, meu caro Devanne. E, acredite em mim, você não é o primeiro a notar.

– É tão impressionante – insistiu Devanne –, que, se você não tivesse sido apresentado pelo meu primo d'Estevan, e se não fosse um artista célebre cujas pinturas do fundo do mar eu tanto admiro, sem dúvida teria alertado a polícia acerca de sua presença em Dieppe.

O gracejo foi recebido com muitas risadas. Na ampla sala de jantar do Château de Thibermesnil estavam os seguintes convidados, além de Velmont: o padre Gélis, pároco da região, e uma dúzia de oficiais cujos regimentos ficavam aquartelados nas proximidades e que aceitaram o convite do banqueiro Georges Devanne e de sua mãe.

– Entendo – pronunciou-se um dos oficiais – que a polícia foi informada da presença de alguém com a descrição exata de Arsène Lupin aqui pela costa. Isso foi depois de sua ousada façanha no expresso Paris – Havre.

– Suponho que sim – concorou Devanne. – Foi há três meses. Uma semana depois, conheci o nosso amigo Velmont no cassino e, desde então, tive a honra de recebê-lo como convidado várias vezes. Um prelúdio aceitável para a visita mais séria que ele fará um dia desses… Ou melhor, uma noite dessas.

A piada gerou outra onda de risadas. Em seguida, os convidados se moveram para o antigo Salão da Guarda. Era um cômodo enorme de pé-direito alto que ocupava toda a parte inferior da Tour Guillaume, e o local onde Georges Devanne guardava os inestimáveis tesouros que os lordes de Thibermesnil haviam acumulado ao longo de muitos séculos. Continha baús antigos, aparadores, trasfogueiros e candelabros. As paredes de pedra estavam enfeitadas com tapeçarias magníficas. As canhoneiras profundas das quatro janelas eram mobiliadas com bancos, e as janelas góticas eram compostas de pequenas vidraças coloridas emolduradas em chumbo. Entre a porta e a janela à esquerda estava situada uma biblioteca enorme, com prateleiras em estilo renascentista. Em seu frontão, estava escrito "Thibermesnil" com letras douradas. E, logo abaixo, o altivo lema da família: "Fais ce que veulx" ("Faze o que desejas"). Quando os convidados acenderam seus charutos, Devanne retomou a conversa.

– E lembre-se, Velmont, não tem tempo a perder. Na verdade, esta noite será sua última chance.

– Por quê? – perguntou o pintor, que parecia levar o caso na brincadeira. Devanne estava prestes a responder quando sua mãe pediu que ficasse quieto, mas o entusiasmo da ocasião e uma vontade de falar com os convidados o fez prosseguir.

– Ah! – murmurou. – Posso falar agora. Não vai fazer mal.

Os convidados se aproximaram e ele falou como um homem que tem um anúncio importante a fazer.

– Amanhã, às quatro da tarde, Sherlock Holmes, o famoso detetive inglês, para quem não existe nenhum mistério… Sherlock Holmes, o mais notável decifrador de enigmas que o mundo já conheceu… Aquele homem incrível que parece a invenção de um romancista… Sherlock Holmes será meu convidado!

De imediato, Devanne tornou-se alvo de inúmeras perguntas empolgadas. "Sherlock Holmes está realmente chegando?", "É sério mesmo?", "Arsène Lupin realmente está nas proximidades?".

– Arsène Lupin e seu bando não estão longe. Além do roubo do barão Cahorn, ele é responsável pelos roubos em Montigny, Gruchet e Crasville.

– Ele lhe enviou algum alerta, como fez com o barão Cahorn?

– Não – respondeu Devanne. – Não é de seu feitio usar o mesmo truque duas vezes.

– O que ele fez, então?

– Vou lhes mostrar.

Devanne levantou-se e apontou para um pequeno espaço entre dois enormes fólios em uma das prateleiras da biblioteca.

– Costumava haver um livro aqui – disse ele. – Um livro do século XVI chamado *Chronique de Thibermesnil*, que continha a história do castelo desde sua construção pelo duque Rollo no local de uma antiga fortaleza feudal. Existiam três placas gravadas no livro. Uma delas era uma visão geral de toda a propriedade. Outra, uma planta das construções. E a terceira… Prestem atenção nesta em particular… A terceira era o rascunho de uma passagem subterrânea com a entrada do lado externo da primeira fileira da muralha, e que chega até a presente sala. Infelizmente… esse livro desapareceu há um mês.

– Diabos! – exclamou Velmont. – Que má notícia. Mas não parece ser motivo suficiente para requisitar Sherlock Holmes.

– Certamente, por si só não é motivo suficiente, mas aconteceu outro incidente que confere ao desaparecimento do livro um significado especial. Havia outro exemplar do tomo na Biblioteca Nacional de Paris, e os dois se diferenciavam em relação a certos detalhes da passagem subterrânea. Por exemplo, cada uma continha anotações e rascunhos não impressos, mas escritos a tinta e mais ou menos apagados. Eu sabia disso e sabia que a localização exata da passagem podia ser determinada por meio da comparação entre os dois livros. No dia seguinte ao desaparecimento do meu livro, o outro volume foi solicitado na Biblioteca Nacional por um leitor que o levou embora, e ninguém sabe como o furto ocorreu.

Os convidados emitiram um burburinho de surpresa.

– Sem dúvida, o caso parece sério – arriscou um deles.

– Bom, a polícia investigou e, como de costume, não descobriu pistas.

– Nunca encontram nada quando Arsène Lupin está envolvido.

– Exatamente. Então, decidi pedir a assistência de Sherlock Holmes, que respondeu estar pronto e ansioso para aceitar o desafio de capturar Arsène Lupin.

– Que glória para Arsène Lupin! – reconheceu Velmont. – Mas, se o nosso ladrão nacional, como o chamam, não tiver planos malignos em relação ao seu castelo, então Sherlock Holmes fará uma viagem em vão.

– Há outros assuntos de seu interesse, como a descoberta da passagem subterrânea.

– Mas você nos disse que ela começava fora das muralhas e terminava bem nesta sala!

– Sim, mas em qual parte da sala? A linha que mostra a passagem nas representações termina aqui, com um pequeno círculo marcado com as letras "T.G.", o que certamente significa "Tour Guillaume". Mas a torre tem a base redonda e quem seria capaz de dizer em qual ponto exato a passagem se encontra com ela?

Devanne acendeu um segundo charuto e encheu uma taça de licor Bénédictine. Seus convidados o encheram de perguntas. Sentiu-se deleitado em testemunhar o interesse que seu discurso causara. Ele, então, prosseguiu:

– O segredo está perdido. Ninguém sabe. A lenda diz que os antigos lordes do castelo transmitiram o segredo de pai para filho em seus leitos de morte, até Geoffroy, o último da linhagem, que foi decapitado aos dezenove anos durante a Revolução.

– Já tem mais de um século. Será que ninguém procurou desde aquela época?

– Sim, mas falharam. Após comprar o castelo, fiz uma busca obstinada pela passagem, mas não obtive sucesso. Certamente sabem que esta torre é cercada por água e conectada com o castelo apenas por uma ponte. Como consequência, a passagem deve estar embaixo do antigo fosso. A planta que estava no livro da Biblioteca Nacional mostrava uma série de escadas com um total de quarenta e oito degraus, o que indica uma profundidade de mais de dez metros. Vejam bem, o mistério está dentro desta sala, mas eu não gostaria de destruí-la para descobrir.

– Não há nada que aponte para a localização?

– Nada.

– Sr. Devanne, vamos dar atenção às duas citações – sugeriu o padre Gélis.

– Ah! – O sr. Devanne riu. – Nosso estimado padre é afeito a ler biografias e mergulhar nos arquivos mofados do castelo. Tudo relacionado a Thibermesnil lhe interessa bastante. Mas as citações que mencionou só servem para complicar o mistério. Ele leu em algum canto que dois reis da França já souberam da solução.

– Dois reis da França! Quais?

– Henrique IV e Luís XVI. E a lenda diz o seguinte: à véspera da Batalha de Arques, Henrique IV passou a noite neste castelo. Às onze da noite, Louise de Tancarville, a mulher mais bonita da Normandia, foi levada ao caste-lo pela passagem subterrânea pelo duque Edgard que, ao mesmo tempo, informou o rei sobre a passagem secreta. Em seguida, o rei confidenciou o segredo a seu ministro Sully. E, por sua vez, Sully relata a história em seu livro, *Royales Economies d'Etat*, sem fazer comentário algum sobre ela, mas a associando com a seguinte expressão incompreensível: "Gira-te. Caso erre e estremeça, ele se abrirá perante Deus".

Após um breve silêncio, Velmont riu e disse:

– Decerto não elucida nada sobre o assunto.

– Não, mas o padre Gélis afirma que Sully escondeu a solução para o mistério nessa estranha frase, a fim de manter o segredo longe dos subordinados a quem ditava suas memórias.

– É uma teoria inteligente – inferiu Velmont.

– Sim, mas pode ser só isso. Não consigo ver como isso ajuda a resolver o enigma.

– E também foi para receber a visita de uma dama que Luís XVI utilizou a passagem?

– Não sei – respondeu o sr. Devanne. – Tudo que posso dizer é que o rei esteve aqui em uma noite de 1784 e que o famoso Armário de Ferro encontrado no Louvre após a denúncia do serralheiro que o montou, Gamain, continha um papel com as seguintes palavras na letra do rei: "Thibermesnil 1-6-12".

Horace Velmont riu com vontade, e exclamou:

– Finalmente! E agora que temos a chave mágica, quem sabe encaixá-la na fechadura invisível?

– Pode rir o quanto quiser, *monsieur* – disse o padre Gélis. – Mas estou confiante de que a solução está contida nessas duas citações e algum dia encontraremos alguém capaz de interpretá-las.

– Sherlock Homes é esse alguém – observou o sr. Devanne. – A não ser que Arsène Lupin chegue antes dele. Qual é a sua opinião, Velmont?

Velmont se ergueu, pousou uma mão no ombro de Devanne e declarou:

– Acho que a informação fornecida pelo seu exemplar e também pelo livro da Biblioteca Nacional de Paris não possuíam um detalhe muito importante que você agora acrescentou. Fico-lhe muito grato.

– Qual detalhe?

– A chave que faltava. Agora que a tenho, posso começar a trabalhar – disse Velmont.

– Claro, não perca tempo – disse Devanne, sorrindo.

– Nem um segundo! – respondeu Velmont. – Hoje à noite, antes da chegada de Sherlock Holmes, pilharei o seu castelo.

– Não perca tempo. Ah! A propósito, posso lhe dar uma carona esta noite.

– Até Dieppe?

– Sim. Vou encontrar o sr. e a sra. d'Androl, e uma jovem senhorita conhecida dos dois que chegará no trem da meia-noite.

Então, virando-se para os oficiais, Devanne disse:

– Senhores, eu os aguardo amanhã para o café da manhã.

Todos aceitaram o convite. O grupo se dispersou e, algum tempo depois, Devanne e Velmont estavam em um automóvel rumo a Dieppe. Devanne deixou o artista em frente ao cassino e seguiu caminho até a estação de trem.

À meia-noite, seus amigos saltaram do trem. Meia hora depois, o carro já estava estacionado de novo na entrada do castelo. À uma da manhã, após uma refeição leve, todos se retiraram para dormir. Apagaram-se as luzes e o castelo foi encoberto pelas trevas do silêncio noturno.

ooooo

A lua surgiu em meio a uma brecha nas nuvens, enchendo a sala de estar com sua luz branca e forte. Mas apenas por um instante. Ela logo se retirou para trás de suas cortinas etéreas, e as trevas e o silêncio reinaram supremos. Não se escutava um som, salvo o monótono tique-taque do relógio. Ele badalou duas vezes e continuou sua repetição infindável de tiques por segundo. Por fim, três badaladas.

De repente, um clique, como um semáforo sinalizando a passagem de um trem. Um feixe fino de luz iluminou os cantos da sala como uma flecha deixando uma trilha luminosa por onde passava. Vinha da canelura central de uma coluna que suportava o frontão da biblioteca. Pairou por um momento no painel oposto como um círculo brilhante de prata polida, depois emanou em todas as direções como um olho desconfiado perscrutando cada canto das sombras. Desapareceu por um tempo, mas voltou a se acender conforme uma seção inteira da biblioteca girava para revelar uma grande abertura.

Um homem entrou, carregando um lampião elétrico. Vinha acompanhado de um segundo, que carregava uma corda enrolada e várias ferramentas. O líder inspecionou a sala e tentou identificar algum som.

– Chame os outros – disse.

Então, oito rapazes corpulentos com semblantes resolutos entraram na sala e imediatamente começaram a remover as mobílias. Arsène Lupin andava rápido de uma para a outra, examinando-as. De acordo com o tamanho e valor artístico, instruía seus ajudantes a levá-las ou deixá-las. Se uma peça fosse selecionada para ser levada, os homens a carregavam para a bocarra do túnel e adentravam as entranhas da terra. Tal foi o destino de seis poltronas, seis pequenas cadeiras que pertenceram a Luís XV, algumas tapeçarias de Aubusson, alguns candelabros de autoria de Gouthière, pinturas de Fragonard e Nattier, um busto feito por Houdon e algumas estatuetas. Vez ou outra, Lupin parava diante de um baú admirável ou de uma linda pintura, e suspirava.

– Pesado demais... Grande demais... Que pena!

Em quarenta minutos, a sala foi desguarnecida, e de uma maneira tão ordenada e com tão pouco barulho que parecia que os itens haviam sido empacotados e forrados com algodão para a ocasião.

– Não precisa voltar – disse Lupin ao último homem que partiu pelo túnel. – Assim que o furgão estiver carregado, prossiga para a granja em Roquefort.

– E você, patrão?

– Deixe a motocicleta para mim.

Quando o sujeito sumiu, Arsène Lupin empurrou a seção da estante de volta ao lugar, apagou com cuidado os vestígios de pegadas de seu parceiro, levantou uma cortina e adentrou uma galeria que era a única ligação entre a torre e o castelo. Bem no centro, havia um armário de vidro que atraíra a atenção de Lupin. Continha uma valiosa coleção de relógios, caixas de rapé, anéis, porta-chaves e miniaturas de acabamentos requintados e extraordinários. Arsène forçou a tranca com um pequeno pé de cabra. Sentiu enorme prazer de segurar aqueles ornamentos de prata e ouro, aquela arte primorosa e intricada.

Levava uma bolsa grande preparada especialmente para a remoção daquelas miudezas. Encheu-a. Depois, colocou mais itens nos bolsos de sua casaca, colete e calça. Estava apoiando em seu braço esquerdo algumas bolsas adornadas com pérolas quando escutou um som baixo. Prestou atenção. Não, não estava enganado. O barulho continuava. Lembrou-se de que, em uma das pontas da galeria, havia uma escadaria que conduzia a um aposento vazio, mas que naquela noite provavelmente estava ocupado pela jovem que o sr. Devanne trouxera de Dieppe com os outros convidados.

Imediatamente, apagou o lampião. Acabara de se esconder na canhoneira de uma janela quando a porta no topo das escadas se abriu e uma luz fraca banhou a galeria. Arsène sentia – já que de trás da cortina não conseguia enxergar direito – que uma mulher estava descendo bem devagar pelos primeiros degraus da escada. Torceu para que ela não se aproximasse. Contudo, ela continuou a descer e avançou um pouco pelo cômodo. Foi então que soltou um gritinho. Sem dúvidas, descobrira o armário arrombado e desguarnecido.

A mulher avançou outra vez. Arsène já conseguia sentir seu perfume e escutar seu coração pulsando conforme ela se aproximava da janela onde ele se situava. Passou tão perto que sua saia raspou na cortina, e Lupin sentiu que a moça suspeitava da presença de outra pessoa, atrás dela… nas sombras… ao alcance de suas mãos. *Ela está com medo*, pensou. *Ela vai embora.* Mas não foi. A vela que carregava na mão trêmula brilhou mais forte. Ela se virou, hesitou, perscrutou os arredores e, de repente, puxou a cortina da canhoneira.

Ficaram cara a cara. Arsène estava pasmo.

– Você… *mademoiselle*… – murmurou, involuntariamente.

Era a srta. Nelly. A srta. Nelly! Sua companheira no transatlântico a vapor, o objeto de seus sonhos naquela memorável viagem, a testemunha de sua prisão. Aquela que, em vez de traí-lo, jogara na água a Kodak onde ele escondera os cheques e os diamantes de seu roubo. A srta. Nelly! Aquela criatura encantadora cuja recordação o alegrava ou entristecia nas longas horas que passara na prisão.

Era um encontro tão inesperado naquele castelo, àquela hora da madrugada, que não foram capazes de se mover ou de proferir qualquer palavra; estavam perplexos, hipnotizados. Estremecendo de emoção, a srta. Nelly cambaleou até um assento. Arsène permaneceu imóvel diante dela.

Aos poucos, Arsène se deu conta da situação na qual se encontrava, da impressão que devia estar passando com os braços cheios de apetrechos, os bolsos estufados e uma bolsa abarrotada com seu saque. Ficou confuso, realmente corando por ser visto como um ladrão pego no flagra. Para ela, dali em diante, ele seria um bandido, um sujeito que surrupia, que invade casas e rouba enquanto os outros dormem.

Um relógio caiu no chão; então, outro. E mais outros itens escorregaram de seus braços, um a um. De súbito, Arsène deixou os outros artigos caírem em uma cadeira e esvaziou os bolsos e a bolsa. Sentia-se bastante desconfortável na presença de Nelly. Deu um passo na direção dela com a intenção de falar-lhe algo, mas ela estremeceu, levantou-se rápido e correu até o salão por onde ele viera. A cortina que ficava na porta se fechou. Ele a seguiu. Nelly estava parada, tremendo e assustada com a visão do salão esvaziado.

– Amanhã, às três da tarde – disse ele, rápido –, tudo será devolvido. A mobília será trazida de volta.

Ela não respondeu, então, ele repetiu:

– Prometo. Amanhã, três da tarde. Nada no mundo me faria quebrar essa promessa… Amanhã, às três horas.

Então, seguiu-se um longo silêncio que Arsène não se atreveu a interromper. A agitação da jovem o deixava genuinamente arrependido. Quieto, sem mais palavras, ele se virou, pensando: *Espero que ela vá embora. Não sou capaz de lidar com a sua presença.*

– Escute… – falou a jovem, gaguejando. – Passos… Escuto alguém…

Ele a encarou, espantado. Ela parecia incomodada com um possível perigo se aproximando.

– Não escuto nada – disse ele.

– Mas você precisa ir embora… Precisa fugir!

– Por que eu deveria fugir?

– Porque… sim. Não fique aqui nem mais um minuto. Vá!

Ela correu até a porta que levava à galeria e prestou atenção. Não, não havia ninguém lá. Talvez o barulho tivesse sido do lado de fora. Esperou um pouco e depois voltou, mais calma.

Mas Arsène Lupin desaparecera.

ooooo

Assim que o sr. Devanne foi informado do saque em seu castelo, teve uma única certeza. O culpado era Velmont, e Velmont era Arsène Lupin. Aquela teoria explicava tudo e não havia outra interpretação plausível. Porém, a ideia parecia ridícula. Era um absurdo supor que Velmont era alguém além do famoso artista e colega de clube de seu primo d'Estevan. Então, quando o capitão dos gendarmes chegou para investigar o caso, Devanne sequer pensou em mencionar sua teoria disparatada.

Durante a manhã, uma vigorosa comoção percorreu o castelo. Os gendarmes, a polícia local, o delegado de polícia de Dieppe e os moradores dos arredores circulavam por todas as salas, examinando todos os cantos aos quais tinham acesso. A aproximação de tropas e os exercícios de tiro da mosquetaria ainda acrescentavam caráter pitoresco a toda aquela cena.

A busca preliminar não forneceu pistas. Nem as portas nem as janelas mostravam quaisquer sinais de violação. Logo, a remoção dos itens devia ter sido feita pela passagem secreta. Ainda assim, não havia indícios de pegadas no chão e nenhuma marca nas paredes.

As investigações revelaram, no entanto, um fato curioso que demonstrava o caráter caprichoso de Arsène Lupin: a famosa Chronique do século XVI fora devolvida a seu lugar habitual na estante e, ao lado dela, havia um livro similar: o volume furtado da Biblioteca Nacional.

Às onze horas, seus colegas oficiais do exército chegaram. Devanne deu-lhes as boas-vindas com sua jovialidade costumeira. Apesar do desgosto de ter perdido seus tesouros artísticos, sua enorme riqueza lhe permitia encarar a perda de uma maneira filosófica. Seus convidados, o sr. e a sra. d'Androl e a srta. Nelly foram apresentados. Foi então que perceberam que um dos convidados não estava presente. Horace Velmont. Ele viria? Sua ausência despertava as suspeitas do sr. Devanne. Contudo, o artista chegou ao meio-dia.

– Ah! Aí está você! – disse Devanne.

– Ora, não fui pontual? – perguntou Velmont.

– Foi, e estou surpreso que foi pontual depois desta… noite corrida! Suponho que já saiba das novidades.

– Que novidades?

– Você roubou o castelo.

– Que absurdo! – exclamou Velmont, sorrindo.

– Exatamente como previ. Mas, primeiro, leve a srta. Underdown até a sala de jantar. *Mademoiselle*, se me permite…

Devanne parou ao notar a extrema agitação da jovem. Depois, recordando-se do incidente, disse:

– Ah! É evidente. Você encontrou Arsène Lupin no navio, antes da prisão dele. Está perplexa com a semelhança, não é?

Ela não respondeu. Velmont permaneceu parado diante dela, sorrindo. Curvou-se e lhe ofereceu um braço. Ela o segurou, e Velmont a guiou até seu lugar, sentando-se de frente para ela. Durante o café da manhã, a conversa se resumiu a Arsène Lupin, os itens roubados, a passagem secreta e Sherlock Holmes. Foi apenas no fim da refeição, quando a conversa se desviou para outros assuntos, que Velmont resolveu participar. O artista estava, alternadamente, divertido e sério, falador e calado. Todas as suas frases pareciam direcionadas à jovem. Mas ela, bastante alheia, não parecia prestar atenção.

O café foi servido no alpendre que dava para o pátio principal e para o jardim florido em frente à fachada do castelo. A banda militar tocava no gramado e grupos de soldados e camponeses caminhavam pelo jardim.

A srta. Nelly não esquecera, nem por um instante, a promessa de Lupin: "Amanhã, às três da tarde, tudo será devolvido".

Três da tarde! E os ponteiros do grande relógio na ala leste do castelo já marcavam vinte minutos para as três. Sem conseguir se conter, seus olhos se voltavam ao relógio a cada minuto que passava. Ela também observava Velmont, que estava tranquilo, relaxando em uma cadeira de balanço.

Dez para as três! Cinco! Nelly estava impaciente e ansiosa. Seria possível que Arsène Lupin cumprisse a promessa na hora combinada mesmo com o castelo, o pátio e o jardim cheios de pessoas e no mesmo momento que os agentes da lei prosseguiam com a investigação? Ainda assim… Arsène Lupin prometera-lhe solenemente. *Será exatamente como ele disse*, pensou, tão impressionada que estava com a autoridade, energia e segurança daquele sujeito singular. Para ela, não seria um milagre, mas, pelo contrário, um incidente natural. Corou e virou a cabeça.

Três horas! O grande relógio badalou, devagar: uma... duas... três... vezes. Horace Velmont pegou o relógio de bolso, consultou os ponteiros do grande e guardou novamente o seu. Segundos se passaram em silêncio. Pouco tempo depois, as pessoas no pátio abriram espaço para duas carruagens que entraram pelo portão do jardim, cada qual puxada por dois cavalos. Eram veículos militares, do tipo utilizado para transportar provisões, tendas e equipamentos para campanhas. Pararam em frente à entrada principal e um sargento de logística saltou de uma delas, perguntando pelo sr. Devanne. Pouco tempo depois, Devanne desceu as escadas do castelo e vislumbrou sua mobília, seus quadros e seus pertences cuidadosamente empacotados e organizados sob a cobertura das carruagens.

Quando questionado, o sargento apresentou uma ordem que recebera do oficial de serviço. De acordo com ela, a segunda companhia do quarto batalhão devia ir até o cruzamento de Halleux na Floresta d'Arques, recolher a mobília e os outros artigos lá depositados e entregá-los ao sr. Georges Devanne, proprietário do castelo de Thibermesnil, às três da tarde. A assinatura era do coronel Beauvel.

– No cruzamento – explicou o sargento –, encontramos tudo pronto sobre a relva e protegido por alguns transeuntes. Parecia muito estranho, mas a ordem tinha de ser obedecida.

Um dos oficiais examinou a assinatura. Declarou-a uma falsificação, embora talentosa. As carruagens foram esvaziadas e os itens retornados aos seus lugares de origem no castelo.

Durante o incidente, Nelly permanecera sozinha na ponta mais distante do alpendre, absorta em pensamentos distraídos e confusos. De repente, viu Velmont se aproximando. Gostaria de evitá-lo, mas a balaustrada do alpendre impedia que fugisse. Estava cercada. Não tinha nem como se mover. Um raio de sol passou pela folhagem esparsa de um bambu e iluminou seus lindos cabelos loiros. Alguém falou com ela, baixinho:

– Falei que manteria a promessa. – Arsène Lupin estava diante dela. Ninguém mais estava perto. Ele repetiu, com uma voz calma e suave: – Falei que manteria a promessa.

Arsène esperava um agradecimento, ou pelo menos algum gesto que denunciaria o interesse de Nelly no cumprimento de tal promessa. Mas ela permaneceu em silêncio.

A atitude desdenhosa de Nelly incomodava Arsène Lupin. E ele se deu conta da vasta distância que o separava de srta. Nelly, agora que ela sabia a verdade. Teria se justificado para ela com prazer ou, pelo menos, alegado circunstâncias complicadas, mas percebeu o absurdo e a futilidade do ato. Por fim, dominado por uma enxurrada de lembranças repentinas, Arsène murmurou:

– Ah! Quanto tempo já se passou! Você deve se lembrar das longas horas no convés do *La Provence*. Naquela ocasião, você levava uma rosa na mão, uma rosa branca como essa que tem hoje com você. Eu lhe pedi a rosa. Você fingiu que não me escutava. Depois que você se foi, eu encontrei a flor… esquecida, certamente… e a guardei.

Nelly não respondeu. Parecia distante.

– Em memória àqueles tempos felizes – ele prosseguiu –, esqueça o que descobriu desde então. Separe o passado do presente. Não me enxergue como o homem que viu na noite passada. Olhe para mim, pelo menos por um instante, como fez naqueles dias tão longínquos quando fui Bernard d'Andrezy por um curto período. Por favor...

Nelly levantou a cabeça e o encarou, como ele pedira. Depois, sem dizer uma palavra, ela apontou para um anel que Arsène usava no indicador. Apenas a argola estava visível, mas a parte principal, virada para baixo, ostentava um esplêndido rubi. Arsène Lupin corou. O anel pertencia a Georges Devanne. Ele sorriu, amargurado.

– Está certa – disse. – Nada vai mudar. Arsène Lupin é e sempre será Arsène Lupin. Para você, ele não pode sequer ser uma lembrança. Perdoe-me... Eu deveria saber que qualquer atenção que possa lhe dar agora é simplesmente um insulto. Perdão.

Arsène deu um passo para o lado, o chapéu na mão. Nelly passou por ele. Estava prestes a detê-la e implorar por perdão. Mas sua coragem vacilou. Contentou-se em segui-la com os olhos, como fizera quando desceram pela passarela no píer em Nova York. Nelly subiu os degraus que conduziam para o interior do castelo e desapareceu. Não a viu mais.

Uma nuvem ocultou o sol. Arsène Lupin observou as marcas que os pés delicados da moça produziram na terra. De repente, levou um susto. No vaso que continha o bambu, ao lado de onde Nelly estivera, viu a rosa... A rosa branca que ele desejara, mas que não tivera coragem de pedir. Esquecida, certamente... Mas esquecida de propósito ou por distração? Pegou-a. Algumas pétalas se soltaram e caíram no chão. Arsène as recolheu, uma por uma, como preciosas relíquias.

– Bom! – disse ele, para si mesmo. – Não tenho mais nada a fazer aqui. Preciso pensar na minha segurança antes que Sherlock Holmes chegue.

○○○○○

O parque estava deserto, mas alguns gendarmes faziam guarda no portão. Arsène entrou em um bosque de pinheiros, saltou um muro e pegou um atalho através do campo até a estação de trem. Após caminhar por dez minutos, chegou em um ponto onde o caminho ficava mais estreito e passava entre duas ribanceiras íngremes. Foi nessa ravina que se deparou com um homem vindo na direção oposta. Era um homem de cerca de cinquenta anos, alto, de barba bem aparada e roupas de traçado estrangeiro. Carregava uma longa bengala e uma pequena mochila em seu ombro. Quando passaram um pelo outro, o estranho falou com um leve sotaque inglês:

– Com licença, *monsieur*, este é o caminho para o castelo?

– Sim, *monsieur*, basta seguir em frente e virar à esquerda quando chegar na muralha. Estão aguardando o senhor.

– Ah!

– Sim, meu amigo Devanne nos contou na noite passada que estava vindo, e sinto-me lisonjeado de ser o primeiro a lhe dar as boas-vindas. Não há admirador mais fervoroso de Sherlock Holmes do que… eu.

Havia um tom de ironia em sua voz do qual logo se arrependeu porque Sherlock Holmes o estudou dos pés à cabeça com um olhar penetrante e apurado. Arsène Lupin sentiu como se estivesse sendo agarrado, aprisionado e memorizado por aquele olhar de maneira mais minuciosa e precisa que nem mesmo uma câmera seria capaz de registrar.

Ele tem um negativo da minha aparência agora, pensou. *E será inútil utilizar um disfarce para enganar esse homem, que veria através dele. Mas será que foi capaz de me reconhecer?*

Curvaram-se um para o outro como se prestes a partir. Mas, naquele instante, escutaram o som do trote de cavalos acompanhado pelo tilintar de metal. Os gendarmes. Os dois homens foram obrigados a recuar para a encosta e permanecer em meio à folhagem a fim de escapar dos cavalos. Os gendarmes passavam, mas, como seguiam um ao outro a uma distância considerável, ficaram vários minutos atravessando o caminho.

Tudo depende disto, pensou Lupin. *Ele me reconheceu? Se sim, provavelmente vai tirar vantagem dessa oportunidade. É uma situação complicada.*

Quando o último cavaleiro passou, Sherlock Holmes deu um passo adiante e espanou a poeira da roupa. Então, ele e Arsène Lupin se encararam. Teria sido interessante se alguém pudesse ter visualizado aquele momento. Seria tão memorável quanto o primeiro encontro de dois notáveis cavalheiros, estranhos e poderosos, ambos de uma destreza superior e destinados, por intermédio de seus atributos peculiares, a se atracar como duas forças da natureza de mesma intensidade e no mesmo espaço físico, uma oposta à outra.

– Obrigado, *monsieur* – agradeceu o inglês, por fim.

Separaram-se. Lupin seguiu até a estação de trem, e Sherlock Holmes continuou até o castelo.

Os agentes locais haviam desistido da investigação após várias horas de esforço inútil, e as pessoas no caste-lo aguardavam com uma curiosidade vivaz a chegada do detetive inglês. De início, ficaram um pouco desapontadas com sua aparência comum, que diferia tanto das imagens mentais que haviam criado do detetive. De forma alguma ele lembrava um herói de romances, o personagem miste-rioso e complexo que o nome Sherlock Holmes evocava em sua imaginação.

– Ah, *monsieur*, você veio! – exclamou o sr. Devanne, deleitado. – Fico feliz em recebê-lo. É um prazer há muito adiado. De verdade, mal consigo lamentar o que aconte-ceu, já que tenho a oportunidade de conhecê-lo. A propó-sito, como você veio?

– De trem.

– Mas enviei meu carro para buscá-lo na estação.

– Uma recepção oficial? – resmungou o inglês. – Com música e fogos? Ah, não, não gosto disso. Não é o modo com que trabalho.

– Felizmente – respondeu Devanne, constrangido pelo discurso –, o seu trabalho já foi bem simplificado desde que lhe escrevi.

– De que maneira?

– O roubo aconteceu na noite passada.

– Se não tivesse anunciado minha visita, é provável que o roubo não tivesse sido cometido na noite passada.

– Quando, então?

– Amanhã ou qualquer outro dia.

– E o que aconteceria?

– Lupin estaria encurralado – disse o detetive.

– E minha mobília?

– Não teria sido levada.

– Ah! Mas meus bens estão aqui. Foram trazidos de volta às três horas.

– Por Lupin.

– Por duas carruagens militares.

Sherlock Holmes colocou seu chapéu e ajeitou a mochila.

– Mas, *monsieur* – disse Devanne, ansioso –, o que vai fazer?

– Voltar para casa.

– Por quê?

– Suas coisas já foram devolvidas. Arsène Lupin deve estar longe e não há nada para eu fazer aqui.

– Há, sim. Preciso de sua assistência. O que aconteceu ontem pode acontecer novamente amanhã, já que não sabemos como ele entrou ou como fugiu, ou por que, horas depois, ele devolveu os meus pertences.

– Ah! Você não sabe…

A ideia de um problema a ser solucionado atiçou o interesse de Sherlock Holmes.

– Certo, vamos buscar pistas de uma vez. Sozinhos, se possível.

Devanne compreendeu e conduziu o inglês até o salão do castelo. Com uma voz seca e decidida, usando frases que pareciam preparadas de antemão, Holmes fez várias perguntas sobre o que acontecera na noite anterior. Também indagou sobre os convidados, criados e funcionários da propriedade. Então, examinou os dois volumes da *Chronique*, comparou os planos da passagem subterrânea e requisitou que as frases descobertas pelo padre Gélis fossem repetidas.

– Foi ontem a primeira vez que falou essas duas frases para alguém? – perguntou Holmes.

– Sim.

– Você não havia contado antes sobre elas a Horace Velmont?

– Não.

– Bom, peça o carro. Vou partir em uma hora.

– Em uma hora?

– Sim. Nesse tempo, Arsène Lupin resolveu o problema que você colocou diante dele.

– Eu... coloquei diante dele?

– Sim, Arsène Lupin ou Horace Velmont... São a mesma pessoa.

– Eu sabia. Ah! Salafrário!

– Vejamos – continuou Holmes. – Na noite passada, às dez horas, você forneceu a Lupin as informações de que ele precisava e que já buscava há muitas semanas. Durante a noite, ele conseguiu resolver o problema, chamou seus parceiros e roubou o castelo. Preciso ser bem rápido.

Ele caminhou de ponta a ponta no salão, perdido em pensamentos. Então, sentou-se, cruzou as longas pernas e fechou os olhos.

Devanne aguardou, bastante constrangido. *Será que cochilou?*, pensou. *Ou está só meditando?* Devanne saiu do cômodo visando distribuir algumas ordens. Quando retornou, o detetive estava de joelhos analisando o carpete aos pés da escadaria do salão.

– O que foi? – perguntou Devanne.

– Olhe… Ali… Marcas de cera de vela.

– Tem razão. E bem recentes.

– E você as encontrará também no topo da escada e ao redor do armário que Arsène Lupin arrombou para roubar os pertences que acabou deixando nesta cadeira.

– O que você conclui disso?

– Nada. Esses fatos sem dúvida explicam o motivo da devolução, mas é uma questão colateral que não tenho tempo para investigar. O principal é a passagem secreta. Primeiro, me responda: existe uma capela a uns duzentos ou trezentos metros do castelo?

– Sim, uma capela em ruínas com o túmulo de duque Rollo.

– Peça a seu motorista que nos aguarde próximo a essa capela.

– Meu motorista não retornou. Se tivesse, teria me falado. Você acha que a passagem secreta vai até a capela? Qual é o motivo…

– Vou pedir, *monsieur* – interrompeu o detetive –, que me arranje uma escada e um lampião.

– O quê? Você precisa de uma escada e de um lampião?

– Sim. Caso contrário, não teria pedido.

Devanne, um pouco desconcertado pela lógica crua do sujeito, tocou a campainha do castelo. Os dois objetos foram arranjados com a celeridade e precisão de ordens militares.

– Coloque a escada apoiada na estante de livros, à esquerda da palavra "Thibermesnil".

Devanne fez conforme lhe foi pedido.

– Mais à esquerda… – instruiu o inglês. – Direita agora… Aí! Agora, suba… Todas as letras estão em alto-relevo, certo?

– Sim.

– Primeiro, gire a letra "T" para qualquer lado.

Devanne segurou a letra.

– Ah! Ela vira para a direita – disse. – Quem lhe contou isso?

Sherlock Holmes não respondeu, mas continuou a dar instruções.

– Agora, a letra "R". Puxe como se estivesse usando uma tranca.

Devanne obedeceu e, para sua surpresa, ela balançou de leve.

– Muito bem – disse Holmes. – Agora, vamos para a outra ponta da palavra "Thibermesnil". Tente a letra "L" e veja se ela vai abrir como se fosse um postigo.

Com certo grau de pompa, Devanne obedeceu. A letra se abriu, mas Devanne caiu da escada porque toda a seção da estante, entre a primeira e a última letra da palavra, girou e revelou a passagem subterrânea.

– Não se machucou? – indagou Sherlock Holmes, calmo.

– Não, não… – replicou Devanne, levantando-se. – Não me machuquei, só estou espantado. Não entendo como… as letras viram e… a passagem secreta se abre?

– Isso mesmo. É como diz a fórmula de Sully. Gira-*te*. Caso *erre* e estremeça, *ele* se abrirá perante Deus. "T", "R" e "L".

– Mas e quanto a Luís XVI? – perguntou Devanne.

– Luís XVI era um chaveiro inteligente. Tenho o livro que ele escreveu sobre trancas por combinação. Foi uma boa ideia por parte do proprietário de Thibermesnil mostrar à Sua Majestade um mecanismo engenhoso de combinação. Para ajudá-lo a recordar, o rei escreveu "1-6-12", ou seja, a primeira, a sexta e a décima segunda letras da palavra.

– Exatamente. Entendi isso. E explica como Lupin saiu daqui, mas não explica como ele entrou. E é certo que veio de fora.

Sherlock Holmes acendeu o lampião e entrou na passagem.

– Olhe! Todo o mecanismo está exposto desse lado como as engrenagens de um relógio. E o lado invertido das letras também pode ser mexido. Lupin usou a combinação desse lado. Simples.

– Que prova há disso?

– Prova? Bom, olhe aquela poça de óleo. Lupin previu que as engrenagens provavelmente precisariam ser lubrificadas.

– Ele sabia sobre a outra entrada?

– Tão bem quanto eu sei – respondeu Holmes. – Siga-me.

– Nessa passagem escura?

– Está com medo?

– Não, mas tem certeza de que consegue encontrar a saída depois?

– De olhos fechados.

Primeiro, desceram doze degraus, em seguida, mais doze e, mais adiante, dois outros lances com doze degraus cada. Então, caminharam por um longo corredor cujas paredes de tijolos evidenciavam as sucessivas marcas de restaurações. Em certos pontos, água pingava. A própria terra era bastante úmida.

– Estamos debaixo do lago – inferiu Devanne, um pouco tenso.

Por fim, chegaram a um lance de doze degraus, seguido por três outros lances de mais doze degraus cada, os quais subiram com dificuldade até chegarem a uma pequena cavidade cortada direto na rocha. Não dava para prosseguir.

– Que diabos! – murmurou Holmes. – Só uma parede. Este caso está me provocando.

– Vamos voltar – sugeriu Devanne. – Já vi o suficiente para ficar satisfeito.

Mas o inglês levantou os olhos e suspirou, aliviado. Na parede, viu o mesmo mecanismo e a mesma palavra de antes. Só bastava mexer nas três letras. Ele o fez e um bloco de granito se moveu. Do outro lado, o granito formava o túmulo de duque Rollo e a palavra "Thibermesnil" estava gravada nele, em alto-relevo. Estavam na capela arruinada.

– Se abrirá perante Deus – anunciou o detetive. – Ou seja, a capela.

– É estupendo! – disse Devanne, perplexo com a perspicácia e a animação do inglês. – Só aquela frase misteriosa foi suficiente para você?

– Ah! – disse Holmes. – Sequer era necessária. Na planta do livro da Biblioteca Nacional de Paris, o desenho termina em um círculo à esquerda, como você bem sabe, e à direita, como você não sabe, em uma cruz. Bom, a cruz em questão deve indicar essa mesma capela onde estamos.

O coitado do Devanne não conseguia acreditar no que estava ouvindo. Era tudo tão novo, tão singular para ele, que exclamou:

– É incrível, milagroso e, ainda assim, de uma simplicidade quase infantil! Como ninguém nunca solucionou antes o mistério?

– Porque ninguém nunca uniu os elementos essenciais: os dois livros e as duas expressões. Ninguém além de Arsène Lupin e eu.

– Mas o padre Gélis e eu sabíamos tudo sobre essas coisas e, ainda assim…

– Sr. Devanne – disse Holmes, sorrindo. – Não é todo mundo que sabe resolver enigmas.

– Passei dez anos tentando o que você fez em dez minutos.

– Ah, estou acostumado.

Saíram da capela e viram um automóvel.

– Ah! Um carro está nos esperando.

– Sim, é meu – disse Devanne.

– Seu? Você disse que seu motorista não havia retornado. Aproximaram-se do veículo.

– Edouard – o sr. Devanne perguntou ao motorista –, quem lhe deu ordens para vir até aqui?

– Foi o sr. Velmont.

– O sr. Velmont? Você o encontrou?

– Perto da estação de trem. Ele me pediu para vir até a capela.

– Por que vir até a capela?

– Esperar o *monsieur* e seu amigo.

Devanne e Holmes se entreolharam.

– Ele sabia que o mistério seria simples para você – disse o sr. Devanne. – É um elogio sutil.

Por um instante, um sorriso de satisfação iluminou o semblante sério do detetive. O elogio o agradava.

– Um sujeito esperto! – exclamou Holmes, balançando a cabeça. – Soube assim que o vi.

– Você o viu?

– Encontrei-o há algum tempo, quando vinha da estação.

– E você sabia que era Horace Velmont... digo, Arsène Lupin?

– Não, mas adivinhei logo... por causa de uma certa ironia de sua parte.

– E o deixou fugir?

– Claro que sim. E, ainda assim, tinha tudo a meu favor, inclusive os cinco gendarmes que passaram por nós.

– *Sacrebleu*! – vociferou Devanne. – Você devia ter aproveitado a oportunidade.

– Francamente, *monsieur* – rebateu o inglês, com certa altivez. – Quando encontro um adversário como Arsène Lupin, tento não me aproveitar de oportunidades ao acaso. Eu as crio.

Mas o tempo urgia, e já que Lupin fizera a gentileza de enviar o veículo, resolveram utilizá-lo. Acomodaram-se no confortável carro de luxo. Edouard se sentou ao volante e seguiram em direção à estação de trem. De repente, Devanne notou um pequeno pacote em um dos compartimentos do veículo.

– Um pacote! Parece que é para você.

– Para mim?

– Sim, está endereçado: "Para Sherlock Holmes, de Arsène Lupin".

O inglês pegou o pacote e o abriu. Continha um relógio.

– Ah! – ele exclamou, fazendo um gesto de raiva.

– Um relógio – disse Devanne. – Como foi parar aí?

O detetive não respondeu.

– Ah! É o seu relógio! Arsène Lupin está devolvendo o seu relógio! Bem, mas se ele está devolvendo... então, ele o pegou. Ah! Agora entendo! Ele pegou o seu relógio! Essa foi boa! O relógio de Sherlock Holmes furtado por Arsène Lupin! *Mon Dieu*! É até engraçado! Realmente... Peço desculpas, mas não consigo me controlar... – Devanne gargalhava, incapaz de se conter. – Um sujeito sábio, de fato! – disse Devanne, passada a crise de risada, com um tom de sincera convicção.

O inglês não movia um músculo. No caminho para Dieppe, não disse nada, mas permaneceu com o olhar fixo na paisagem. O silêncio era aterrador, insuportável, mais violento do que um furacão. Na estação, Sherlock falou com calma, mas com uma voz que demonstrava a vasta energia e força de vontade daquele célebre detetive.

– Sim, é um sujeito esperto, mas um dia terei o prazer de colocar nos ombros dele a mão que agora ofereço ao senhor, sr. Devanne. Creio que Arsène Lupin e Sherlock Holmes voltarão a se encontrar um dia. Sim, o mundo é pequeno demais… Nós nos encontraremos. Devemos nos encontrar. E, então…

ooooo

As surpreendentes e emocionantes aventuras de Arsène Lupin continuarão no livro "Arsène Lupin contra Herlock Sholmes".